AF358541

ISBN-13: 978-84-09-11840-3
Depósito Legal: LR-613-2019

LOS PILARES DE ALPHA

Francisco Javier García Miralles

*El alma que hablar puede con los ojos,
también puede besar con la mirada.*

Gustavo Adolfo Bécquer

Índice

1. Prólogo

En el tren de vuelta, repasando las experiencias vividas aquellas últimas semanas, pensó que había dejado en blanco la primera hoja de su cuaderno de viaje. Era la hora de escribir un título. No tuvo que pensarlo. Esperó a llegar a una estación para evitar el traqueteo y con su mejor letra cruzó el papel de abajo arriba.

Aquel cuaderno de viaje contenía toda la historia. No sabía si le faltaban muchas hojas o le sobraba solo una. Decidió escribir en ella tres puntos suspensivos.

El tren llegó a su destino y se apeó. En el andén, sola, estaba su madre. Las dos se quedaron paradas. Seis metros las separaban y ninguna parecía tener prisa en recorrerlos. Ahí estaban, frente a frente. Mirándose, estudiándose, intentando adivinar qué pasaba por la mente de la otra.

Alpha sonrió y un segundo después su madre hizo lo mismo. Por fin se fundieron en un abrazo que pareció durar eternamente.

Ya se lo habían dicho todo, lo demás eran detalles.

2. El viaje que todos deberíamos hacer.

La mujer se afanaba pelando patatas y convirtiéndolas en barritas de un centímetro de grosor. En una sartén grande se freía una primera tanda. A veces sentía que su familia podía alimentarse solo de patatas fritas. Era lo único a lo que nadie ponía reparos. Oyó ruido a su espalda y vio que su hija Alpha acababa de sentarse en uno de los taburetes que usaban para desayunar, en la isla central de la cocina.

— Buenos días, Alpha.

— Buenos días, mamá.

— ¿Cómo ha dormido la recién graduada en Ciencias Políticas y Sociales? Esta noche no te he oído llegar.

— Veo que voy perdiendo puntos en esta casa. Antes te quedabas despierta hasta que volvía y me decías que, si no sabías que había llegado bien, no te podías dormir.

— Si y tú me decías que era una pesada y una controladora y que qué te iba a pasar.

Se la quedó mirando. Las manos a ambos lados de la cabeza, los pelos de la melena cubriendo su cara, los hombros hundidos y la falta de vitalidad le indicaron que algo le preocupaba, algo no iba bien.

— ¿Qué tal acabasteis la fiesta de graduación?
— Como siempre. Los patosos habituales bebiendo más de lo debido, pero eso sí, ahora son borrachos con título universitario.
— ¡Si te vieras, en este momento! Pareces un perrito pekinés bajo la lluvia después de haber sido apaleado. ¿Qué te pasa?
— No te preocupes. No me pasa nada grave, espero.
— Esa es la frase que toda madre quiere oír para quedarse completamente tranquila. ¡Uy que se me queman las patatas!

Extrajo las patatas fritas con una espumadera sobre un papel absorbente. Su experiencia le dijo, que aunque en la cabeza de su hija se hubiese desatado la guerra atómica, aquella bandeja de barritas doradas ayudarían a firmar la paz.

Echó una segunda tanda. Se sentó frente a su hija.

— ¿Qué te preocupa?
— Mamá, no lo sé. Acabo de cumplir los 23 años, soy mona porque hay que recocerte que no lo hiciste mal pasándome tus genes, hablo francés e inglés perfectamente y me defiendo en alemán. Soy licenciada en Ciencias Políticas y Sociales que se supone que me debería ayudar a entender el mundo y la sociedad donde vivimos. Juego al tenis, mal pero juego, y tengo el culo lo suficientemente duro para no estar dolorida una semana cada vez que monto a caballo. Novios alguno he tenido como tú sabes, aunque si ahora estoy sola será porque no ha cuajado. Se supone que lo tengo todo. ¿Es que soy una pija caprichosa eternamente insatisfecha?

— ¿Qué te preocupa? ¿No encontrar trabajo?

— No, eso sería lo que menos me importa. Sé que tenemos una situación económica lo suficientemente solvente y que no me vas a echar de casa. Simplemente es "qué no me encuentro".

— Pues si no te encuentras tendrás que buscarte. Sospechaba que algún día tendríamos esta conversación, es más, casi la deseaba.

Alpha se quedó mirando a su madre que tenía cara de pisar en tierra firme y conocida.

— Alpha, lo primero que quiero que sepas es que, a veces, buscamos algo que en el fondo no queremos encontrar. Toda búsqueda supone un esfuerzo y casi siempre muchas renuncias. Muchos se rinden antes de dar el primer paso y otros empiezan a caminar. ¿Te acuerdas que un día me preguntaste por qué era importante aprender a leer?

— Si, me dijiste que era importante porque así nunca me iría sola a la cama.

— Hasta entonces era yo la que te acostaba y te leía un cuento aunque la mitad de las veces me inventaba la mitad. El día que te leíste el cuento tú sola empezaste a tomar las riendas de tu vida.

— ¿Te acuerdas lo que te regalé el día que cumpliste los 18 años?

— Si, me regalaste un cuadro que junto a un texto de Walt Witman me escribiste una carta donde me decías que tú me llevarías a la encrucijada de todos los caminos posibles y que yo podría elegir el que quisiera, que si me equivocaba tú siempre me estarías esperando en el cruce de todos los caminos. Lo tengo colgado en la cabecera de mi cama.

— Voy a sacar las patatas y preparo un café para las dos.

Alpha la observó mientras se movía por la cocina. Parecía que todos sus movimientos estaban perfectamente medidos. En el tiempo que necesitó para recogerse todo el pelo en una coleta alta ya tenía a su madre sentada delante y entre ambas dos tazas de café humeante que inundaron con su aroma la cocina.

— Te mandé a la Universidad no solo para que obtuvieses un título y un posible trabajo en un futuro. Eso está bien, pero fundamentalmente esperaba y deseaba que te ayudase a abrir tu mente. Temo que esa es la asignatura pendiente de la Universidad actual. Se prima la memoria en contra del pensamiento, sobre todo, del libre pensamiento. Hay dos tipos de personas. Las que compran un libro y solo leen la tapa al quitar el polvo y los que lo abren y quieren saber lo que hay dentro. Las dos actitudes son válidas. Solo debes saber a cual perteneces y actuar en consecuencia. Si te conformas con leer las tapas aparentemente la vida es más sencilla. Consiste en aceptar lo que la sociedad te diga que es lo correcto. No debes hacerte preguntas, no tienes dudas, la sociedad piensa por ti. Ella te dice cómo debes ser feliz, qué debes pensar, qué debes sentir, qué debes hacer y hasta cuándo debes ser feliz. En fiestas del pueblo justo un segundo después de que se dispare el cohete que llena de alegría el pueblo. En Nochevieja después de la última campanada. Además, siéntete más enamorada y más querida todos los 14 de Febrero en los que recibirás, seguramente, un ramo de rosas de tu pareja porque se lo habrá recordado su secretaria y no sabe que eres alérgica. El Corte Inglés y la sociedad han pensado por ti y se supone que con eso debes ser feliz.

— Tal como lo explicas da un poco de grima.

— El otro camino es más complicado. Está lleno de preguntas, de dudas, de transgresiones a las normas y de miedos, pero también de ilusión. Es un camino que yo solo aconsejaría a los que "no se encuentran". Lo bueno de la vida es que si algo no nos satisface podemos probar otro camino y si este no nos lleva a ningún sitio podemos volver sobre nuestras pisadas y volveremos a estar en el punto de partida. Equivocarse no es malo en sí mismo. Todo nos aporta alguna cosa buena que nos será útil en otro momento de nuestra vida.

— ¿Cómo puedo saber a que grupo de personas pertenezco?

Se levantó y puso la bandeja de patatas fritas en medio de la mesa. Alpha alargó la mano y cogió varias de una vez disfrutándolas mientras se las comía.

— Esto es pecado para mis caderas, pero están tan buenas que no me puedo resistir.

— Alpha, lo primero que tienes que aprender es la diferencia entre tangible e intangible. El hambre que experimentan muchas personas por no tener nada que comer, es mala. Es un hambre tangible, se ve, se nota, se siente y no hay felicidad en ella. El hambre que se pasa para estar en los parámetros de belleza que la sociedad ha pensado que nos darán la felicidad en este momento histórico concreto, que no en otros, es intangible. Por tanto, la supuesta felicidad que se supone debe producirnos también será intangible. Te están diciendo, debes pasar hambre para entrar en la talla X porque así la sociedad será feliz de verte tan delgada y tan guapa. Y como ellos serán felices se supone que tú también debes serlo. Hija, come patatas fritas que la felicidad que obtienes es tangible y no hay más que verte la cara.

— Vale, pero si me vuelvo una vaca será culpa tuya.

— No te preocupes, prefiero tener como hija una vaca feliz que un florero insatisfecho.

— Bueno, me voy a mi cuarto que todavía estoy en pijama, pero que sepas que voy a seguir pensando en esta conversación. Quiero que luego sigamos.

— Eso huye ahora que se ve el fondo de la fuente, no fuese a ser que te pusiera a pelar patatas. Eso lo has debido de heredar de tu padre. Él era especialista en abandonar el barco un minuto antes de que fuese necesario para algo.

— ¿Qué dices mamá? No te oigo.

— ¡Nada, nada!

[***]

Alpha se encontraba tirada en el sofá y debía ser muy avanzada la noche porque las redes sociales en su teléfono parecía que se habían ido a dormir. Llevaba un tiempo intentando desengancharse porque lo que empezó como una ilusión se había convertido en una obligación. Odiaba esas horas en que todo el mundo se despedía en la red hasta el día siguiente deseándote felices sueños. El relevo lo tomaban los madrugadores que no podían resistir el impulso mañanero de comunicarte que ya se han despertado y que su primer pensamiento ha sido para ti y para desearte que pases un buen día. Oyó ruido en la cerradura y escuchó los tacones de su madre caminando por el pasillo.

—Vaya, si es la señora de la casa. Supongo que debo decir, doña Olga Villanova, ahora que ha recuperado su apellido de soltera; por fin tiene a bien dejarse caer por el nido para comprobar el buen estado de su prole.

Olga miró encima de la mesa y vio los restos de la caja de Telepizza.

—La señora de la casa tuvo a bien antes de abandonar el edificio, dejaros la cena hecha para que no tuvieseis la tentación de quemarle la casa. Por eso os dejé de menú un teléfono y veo que captasteis la indirecta. ¿Ha llegado tu hermano?

—Si mi hermano es esa cosa con granos que con cascos parece la Dama de Elche, le diré que después de asaltar la caja de la pizza se hizo fuerte en su cuarto.

—Bien, todo en orden. Me gusta que los planes salgan bien.

—Por cierto mamá, ya llevas tiempo con Arturo, porque supongo que seguirás con él ¿por qué no lo dejas entrar en casa? Al menos espero que cumplas con él como una buena Villanova, porque que él cumple contigo lo sé. No hay más que ver cómo te brillan los ojitos cada vez que vuelves de una de tus noches.

—Estamos bien así. Lo nuestro es una felicidad tangible. A ninguna de las partes le supone un problema, ¿para qué cambiar? Y sobre todo ¿por qué cambiar? ¿Por qué los condicionantes sociales así lo exigen? Cambiamos algo real y tangible por una supuesta mayor felicidad intangible. Perdona mi egoísmo, pero que la sociedad sea feliz porque vaya colgada del brazo de un señor todo el día, me importa un truño.

—Mamá, me hundes en la miseria. Sabes lo duro que es aceptar que tu madre tenga más vida sexual que una misma.

—Hija en este terreno como en casi todos, ahora te toca desaprender.

—¿Cómo? ¿desaprender?

—Sí, tienes que olvidar todo lo que te dijo tu madre, todo lo que te dijeron los curas, todo lo que te diga una sociedad hipócrita cuyos actos nunca se corresponden con sus palabras. A base de repetir miles de veces las supuestas verdades, consiguen que millones de personas crean que esa es "la Verdad", que es lo correcto, qué es lo que está bien y que debe ser así porque sí, porque los demás también aceptan que debe ser así.

Cuando empezaste a desarrollarte te previne contra los chicos, no alentaba la idea de sexo igual a pecado como hacían los curas, pero tampoco lo desacreditaba porque era mi forma de defenderte de la sociedad.

No quería que fueses la guarrilla del instituto y más hoy en día que con toda esa mierda de las redes sociales cualquiera puede arruinarte la vida o al menos hacerte pasar por una experiencia desagradable. Difama que algo queda. En una red social, a golpe de clic, una reputación a la mierda. Y encima sale gratis. Ahora eres adulta y ya eres libre para tomar tus propias decisiones. Olvida todo lo que te dije, menos lo referente a tener cuidado con los embarazos no deseados. Cada cosa en el momento adecuado. ¿Te importa si repasamos a tus novios?

—Bueno, creo que cualquier erosión que causaran ya está curada.

—Primero fue aquel rubito, Tito que en su casa llamaban Luisito. Debíais de tener 13 para 14 años. Todavía no te habías desarrollado y en vez de esos dos pechos espléndidos que hoy luces tenías dos almendritas que apuntaban tímidas hacia adelante. A Tito daban ganas de darle la paga para que se comprara una bolsa de chuches.

—Pues era muy rico y muy dulce. Con él me di los primeros besos con lengua. La verdad es que tenía más de travesura que de otra cosa.

—Luego vino Jhon. En su casa seguro que lo llamaban Juanito. Ese era el que iba de malo, malote. Toda chica en el histórico de su vida debe haber tenido un novio malote. Iba de duro, con su chupa de cuero negro con remaches. Cadena imitación plata con colgante de calavera y cuando fumaba sujetaba el cigarro entre el índice y el pulgar mientras los demás dedos de la mano parecían la cresta de un gallo. Tenía la costumbre de exhalar el humo en dirección al que tenía enfrente. Te aseguro que una vez estuve a punto de hacer que se tragase el cigarro sin masticar. Me acuerdo, que cuando me lo presentaste hacía un par de meses que había ido con sus padres a New York durante una semana. El pavo seguía hablando con acento de negro del centro del

Bronx aunque no hubiera ido a más de cuatro cuadras de su casa.

—Yo estuve coladita por él. Qué joven y que tonta era a los 17. Con ese nos metimos mano. Por Dios, que calentones. Aquello duro, caliente, palpitaba y parecía tener vida propia. Solo lo estropeaba la idea del pecado, el riesgo de embarazo y que yo creo que él tampoco tenía mucha experiencia porque se perdía buscando… Bien, tengo un buen recuerdo de aquel despertar de mi cuerpo. Por cierto, me lo encontré hace pocas semanas. Descargaba un camión de cervezas en un bar de donde salíamos los de la facultad. Creo que me vio, pero miró para otro lado. Mejor.

—Que conste que en varias ocasiones te propuse acompañarte al médico para que te diera anticonceptivos pero siempre me decías que no hacía falta.

—Mamá eso era como admitir que estaba dispuesta a hacerlo y mi cabeza era un lío de instintos, sensaciones, riesgos, pecados…Lo único bueno de la adolescencia es que se cura.

—Eso espero porque yo todavía tengo a tu hermano y ese sí que está en la edad del moco de pavo.

—De Antonio mejor ni hablamos. ¿Cómo pude acabar saliendo con un pijo, niño de mamá, con la cabeza más vacía que los solares que tenía su padre por patrimonio? El tío estaba más enamorado de sí mismo y de su flequillo que de mí. Nunca volveré a enamorarme de un hombre que se mire más al espejo que yo.

—Esa frase es buena, me la apunto, hija.

—Así que ya ves mamá, en sexualidad me parece que todavía no me he licenciado. Entiéndeme, que tampoco es que sea una santa. Yo también me apaño y he tenido unas cuantas incursiones que no te he contado, pero sospecho que tiene que haber bastante más.

—Hija, el sexo es como andar en bicicleta. ¿Cómo se aprende? Cayéndose. Encima el sexo es la unión de dos personas y montar en tándem exige una coordinación, un ritmo determinado y hay mucho patoso a la hora de pedalear. Siempre me han sorprendido las mujeres que tienen muy a gala haberse acostado solo con su marido. Nunca he sabido si envidiarlas por haber encontrado a la primera al perfecto marido, al gran amante, al que les ha sabido satisfacer todas sus fantasías o compadecerlas porque como no conocen otra cosa tampoco lo echan en falta. Si eres de mirar tapas el sexo es otro conformismo. Esto es lo que me dicen que debe ser, por tanto es lo que tiene que hacer que sea feliz y realizada como mujer. Si sientes curiosidad y miras dentro, verás que el sexo no es único, que hay tantos sexos como personas. Verás que hay mucho inexperto, mucho advenedizo, mucho indocumentado incapaz de encontrar una dirección en un mapa ni aunque lo señales con una flecha roja.

—¿Tú crees que habrá muchas madres que tengan una conversación como ésta con sus hijas?

—No lo sé, pero si no la tienen deberían tenerla. De todas formas, si quieres lo dejamos.

—¡Qué dices! ¡ni se te ocurra! Primero tuve que superar que mis padres siguiesen teniendo sexo a su edad.

Después del divorcio, tuve que superar que mi madre tuviese necesidades sexuales y todavía tuviese el suficiente tirón para pasearse con hombres con mejor fachada que mi padre. Así que ahora estoy encantada. En eso de ligar siempre he sido muy torpe. ¿Cómo sé cuál sí y cuál no?

—Alpha, ¿qué pregunta es esa? ¿La próxima cuál será?, ¿a ver si tengo la solución al problema de la cuadratura del círculo? Que conste que todo lo que hablemos solo sirve para mí y en este momento concreto de mi vida. Si me preguntas dentro de dos meses, pensaré algo parecido, pero seguro que no igual.

Bueno, la pregunta era cuál sí, cuál no. Esto no lo hago de forma sistemática, aunque haya tenido varias parejas desde el divorcio. Para empezar los maleducados, los babosos y los pagados de sí mismos que lucen Rolex y gafas de sol Cartier asomando del bolsillo de la chaqueta en un local en penumbra y de noche, a esos ni agua. Los machos Alfa del grupo de amigotes que a base de copas creen estar de cacería en Sudáfrica, puerta. Los que te hablan de su madre y los que te cuentan sus problemas, al destierro. Como decía Albert Einstein: Aléjate de los hombres que tienen un problema para cada solución.

—Mamá acabo de quedarme sola en el local. Creo haber despedido hasta al camarero.

—Te confesaré un secreto. Siempre me fijo en ese que parece estar preguntándose *"¿qué hago yo aquí?"* Están fuera de sitio. Se limitan a calentar la copa en la mano y a ver como sus amigos se van emborrachando.

Una vez le pregunté a uno directamente, *"¿qué haces tú aquí?"*

- *No lo sé, pero yo a ti te conozco.*
- *No creo.*
- *Eres la voz de mi conciencia hecha mujer.*

—Que quieres, me hizo gracia. Así conocí a Arturo. Después pasamos cinco o seis horas hablando en su coche y en la cafetería de una gasolinera que era lo único abierto. Los dos nos sentimos muy a gusto. Cuando me dejó en casa se despidió diciendo: *"Nunca me acuesto con una mujer la primera noche, siempre le doy una segunda oportunidad para que se arrepienta"*.

—Olé por Arturito. ¿No tendrá un hijo de mi edad que haya salido al padre?

—Haberlos, haylos. Pero fíjate que habías tenido que desalojar todo el local.

—Mamá, dame dos besos que tú sí que eres mi realidad tangible.

—Si me das otros dos puedes convencerme de que prepare un chocolate con madalenas.

—Ya estás tardando.

— Hija, podías haberme dicho que nos íbamos a pasar toda la mañana de tienda en tienda. Me hubiese puesto otro calzado.

— Mi pobre mamá se está haciendo mayor.

— Cállate. Tú, por si acaso, has venido en vaqueros y zapatillas deportivas y no como yo, con falda y taconazos.

— ¿Te subes a esos tacones porque has oído que a tu edad la gente empieza a menguar?

— Alpha, te la estás ganando. ¡Hombre, Don Genaro! Dichosos los ojos que lo ven.

— Doña Olga ¡no me habrá echado mucho de menos estos años! Si no, habría venido a verme. Esta señorita que la acompaña ¿no será aquella mocosa?

— Así es, mi hija Alpha. ¿Te acuerdas de Don Genaro?

Alpha puso cara de circunstancias.

— Jovencita, la última vez que te vi ibas vestida "de princesita por un día". Supongo que tu madre no te animó a volver por mi pobre parroquia.

— Don Genaro, usted sabe que yo a usted le aprecio y valoro sus esfuerzos por hacer bien su trabajo. ¡Qué le vamos a hacer si Dios quiso que yo fuese atea!

— Doña Olga veo que sigue usando el idioma con pulcritud y que le sigue gustando provocarme. Niña, tu madre fue siempre una oveja descarriada de mi rebaño. Menos mal que fuera del paraguas de la Iglesia también hay buenas personas y tu madre me consta que lo es. Bueno, hijas, os dejo que voy con prisa. Id con Dios.

— Adiós, Don Genaro.

— Alpha, sentémonos en esa cafetería que necesito descansar las piernas.

— Apenas lo he reconocido. Está muy mayor.

— Ya era mayor cuando hiciste la primera comunión y ahora es mayor con quince años más. Solo tu madre bebe de la fuente de la eterna juventud.

— Veo que al verte en el espejo con el vestido nuevo que te has comprado, te ha subido la autoestima.

El camarero se acercó a tomar la comanda.

— Un cortado descafeinado con sacarina y una Coca-Cola fría sin hielos.

— Veo que el curita te conoce bien.

— Alguna vez tuvimos alguna conversación versus discusión sobre la verdad de la religión o mejor dicho de las religiones. Yo mantenía que la mayoría de las religiones en su base tienen los mismos principios, que en general son buenos y ayudan a la convivencia entre las personas. La mayor diferencia entre ellas está en el lugar del mundo donde se gestaron y el momento histórico que se estuviese viviendo. Don Genaro me argumentaba que solo hay una religión verdadera.

— Entonces, ¿tú que piensas?

— Yo intento racionalizar las religiones y explicarlas en el por qué y para qué han existido siempre, para bien y para mal.

— Mamá yo la verdad es que no he pensado mucho en la religión, pero hay cosas que no comprendo. Por ejemplo, ¿por qué la religión musulmana obliga a las mujeres a ir completamente tapadas y con un velo cubriendo la cabeza?

— Alpha, tu abuela e incluso yo cuando era muy niña teníamos que cubrirnos la cabeza con una mantilla cuando íbamos a misa de doce los domingos. Solo hace 50 años en este país se consideraba una falta de respeto que una mujer entrase en una iglesia con los brazos al aire o sin cubrirse la cabeza. En esa misma época, sobre todo en los pueblos de la España profunda, al fallecer un familiar, las mujeres de la familia guardaban el luto que era la forma externa de demostrar el dolor y el duelo. Se vestían completamente de negro y tapaban su cabeza con un pañuelo del mismo color. En algunas zonas podía durar hasta siete años y como era difícil que en ese tiempo no hubiese muerto otro familiar más o menos cercano la cuenta volvía a empezar. De esta forma muchas mujeres vistieron desde que fueron jovencitas hasta su muerte solo de este color. Y esto estuvo pasando hasta hace poco más de 50 años. Que débil es la memoria. Ahora nos sorprendemos porque mujeres de otras culturas se cubran la cabeza con velos de colores. Los cristianos tienen la Biblia, el islám el Corán. Nosotros tenemos un profeta, Jesús, ellos otro, Mahoma. Nosotros tenemos a Dios y ellos el suyo, Alá.

— Pero toda esa violencia, los atentados…

— No creo que ni en la Biblia ni en el Corán se ordene a los fieles a emprender guerras santas. Son los hombres los que amparándose en las religiones crean las guerras. Los papas cristianos, con el dinero que siempre ha tenido la Iglesia, subvencionaron y promovieron las guerras de las Cruzadas para recuperar Tierra Santa. Lo mismo hicieron cuando se descubrieron las Américas. Mandaron a jesuitas, dominicos y franciscanos a evangelizar a aquellas almas perdidas en su desconocimiento de la palabra de Dios. Y no fueron temerosos con el uso de la fuerza para conseguir tales fines. Comparados con estas matanzas en serie, cuatro atentados de cuatro terroristas enloquecidos tienen la misma importancia histórica que la cagada de una mosca.

— ¡Algo bueno tendrán las religiones!

— Sí, claro. Han marcado pautas que han ayudado al ser humano a convivir en sociedad. Decir *"no matarás"*, *"no robarás"*, *"honrarás a tu padre y a tu madre"* … son cosas buenas, útiles y necesarias para unas buenas relaciones humanas.

Ten en cuenta de dónde venimos históricamente. Siempre existieron Dioses. Pero en la Historia, los dioses eran seres todo poderosos, irascibles, brutales, violentos y el hombre necesitaba aplacar su mal genio con sacrificios muchas veces humanos. Para que el Dios de los volcanes no se enfureciese, los Incas sacrificaban 10 doncellas cada año. Qué decir de los sacrificios humanos de los Aztecas y los Mayas. En la misma Biblia Dios pide a Abrahán que mate a su hijo Isaac como prueba de su fe. Los Guanches en las Islas Canarias sacrificaban niños. Los dioses eran los que provocaban todo lo que era inexplicable. Si había sequía, los indios navajos bailaban alrededor de la hoguera "la danza de la lluvia" pero en España en los años 60 y 70 se sacaba a la Virgen en procesión por todo el pueblo para que hiciera llover. ¡Que débil es la memoria!

Hoy en día la ciencia ha desmontado todas estas creencias. Hoy se sabe predecir cuándo, dónde y porqué va a llover. Si habrá una erupción volcánica y porqué. Si un terremoto provocará un tsunami, si un meteorito entrará en la atmósfera terrestre y dejará una estela al quemarse. Estas cosas, antes solo tenían una explicación divina. Cuando se inventó el regadío en este país se hizo mucho daño a las creencias. Fíjate que en los pueblos pequeños los hombres y mujeres tenían la obligación de ir a misa, si no querían ser mal vistos. El regadío casi sustituyó a Dios. ¿Dónde está el Eugenio? Está regando. Ah, vale. Era el único motivo que servía para no ir a misa. Se podía decir que el regadío concedió muchas bulas papales.

Don Genaro predica qué si eres bondadoso y sigues los mandatos de la Iglesia, Dios te premiará. Si no sigues los preceptos serás castigado. Y si te quejas por ejemplo por que un borracho atropelló a tu hijo y lo mató, Don Genaro te dirá que no entendemos la inmensa sabiduría de Dios, o que nos pone a prueba, o que Dios escribe derecho con renglones torcidos. Y tú te quedarás pensando que se podía comprar un cuaderno cuadriculado.

Resumiendo y perdona el rollo que te acabo de soltar, la religión tal como la conocemos, es un acto simplemente de fe y la fe se tiene o no se tiene.

— Pero mamá, tantos millones de personas no pueden estar equivocadas.

— Alpha, nada me gustaría más que ser creyente. Todo son ventajas. Tienes alguien a quien pedir cuando quieras un favor o tengas una necesidad. Te da respuestas a preguntas como *¿quiénes somos? ¿para que estamos en este mundo?* y cuando morimos, nos dice que la vida es un ratito antes de alcanzar la inmortalidad en *la* felicidad del Paraíso.

— Jolín, mamá, todo lo que dices son cosas que yo sé, que he leído o he estudiado, pero me siento como un saco lleno de datos. Te oigo a ti y los unes y elaboras un razonamiento que parece lógico y encima obras en consecuencia.

En aquel momento sonó el teléfono de Alpha que se apresuró a contestar.

— Hola Susi, ¿qué tal…?

Olga hizo una seña al camarero para que le trajese la cuenta. Pagó y por señas indicó a su hija que era hora de levantarse e ir a preparar la comida. Sabía que aquella conversación podía durar horas, pero sorprendentemente escuchó.

— …te dejo que estoy con mi madre. Cuando llegue a casa te llamo. Era Susi.

— Ya. ¿Qué te cuenta?

— Ufff, no sé. Parece que quieren preparar un viaje de una semana para celebrar la graduación. Supongo que a partir de ahora la mayoría perderemos el contacto.

— Yo también quería proponerte un viaje.

— No sabía que te quedasen vacaciones.

— Y no me quedan. Si te parece esta noche hablamos cuando estemos solas. No le comentes nada a tu hermano.

— Bueno, mamá, me tienes en ascuas. ¡No hago más que pensar en cuál será el próximo viaje que has planeado! ¿Qué país vamos a visitar?

— Algo parecido a este viaje, lo hice por circunstancias personales diferentes, cuando tenía un año más que tú. Tardé años en darme cuenta que se produjo un cambio en mi vida gracias a él. Te voy a ofrecer una posibilidad que entiendo que toda persona debería tener por lo menos una vez en la vida. Si aceptas, el viaje está sometido a determinadas reglas que no son negociables. Lo tomas o lo dejas y por supuesto el viaje lo harás sola.

— Jo, mamá, arranca ya. Me mata la curiosidad.

— Si aceptas, mañana a primera hora iremos al banco y te abriremos una cuenta suficiente para que puedas vivir un mes. Tendrás el resto del día para pensar donde viajarás y en qué medio de transporte, hacer la maleta y cumplir unas condiciones que son lo que más te va a costar. El viaje empezará pasado mañana a primera hora y no tiene fecha marcada de vuelta, pero sí la condición de que no puedes volver antes de tres semanas.

— ¿Estoy oyendo bien? Me estás proponiendo un viaje pagado durante un mes, donde yo quiera y que no quieres verme antes de 21 días. Mamá te quiero mucho pero ¿qué tengo que pensar? ¡Acepto, acepto y acepto! ¿Dónde tengo que firmar antes de que te vuelvas atrás?

— Te he dicho que el viaje estará sometido a algunas reglas. La primera es que debes olvidarte de llevar o usar toda la nueva tecnología. No te puedes llevar el ordenador, ni la tablet, ni el e–book y por supuesto lo más importante, el teléfono.

— ¿Entonces como vamos a hablar?

— Esa es la segunda condición y tan importante como la primera. No tendrás durante el tiempo que dure el viaje ningún contacto por ningún medio con tu círculo social habitual. Una vez a la semana llamarás a casa para decir que estás bien y solo llamarás de forma excepcional si cambias de ciudad para dar el nombre del nuevo hotel, hostal o pensión donde estés alojada.

Respecto a tus amigos y redes sociales tienes el día de mañana para hacer lo que en cine se llamaría un "fundido a negro". Explícales como quieras que las próximas semanas vas a estar desaparecida, que serás abducida por una nave extraterrestre o lo que quieras pero que no se preocupen. No quiero que me llamen preguntando por cosas que yo tampoco sabré.

— Jo, mamá, eso es cruel. Toda mi vida está en ese móvil.

— Yo no lo veo como algo cruel, sino como algo ilusionante. El que me acabes de decir que toda tu vida está en ese móvil me reafirma en la importancia de la regla y a ti te debería hacer reflexionar.

— Pero ¿cómo me pondré en contacto contigo? ¿Y si me pasa algo?

— En los hoteles, aunque te parezca mentira, hay teléfono y si te pasa algo nos enteraremos por la Guardia Civil. Quiero que entiendas que no es momento de viajar como turista si no como un viajero que está dispuesto a tener experiencias que nadie puede vivir por él. Para eso debes de salir de la zona de confort social que te rodea. No se trata de ver cosas nuevas, sino de verlas de otra manera. Serán días para mirar con otros ojos, para escuchar sin prisas. Para escuchar esa voz que todos tenemos dentro, pero que casi nunca escuchamos.

Otra cosa que puedes disfrutar es del anonimato. Donde vayas, nadie te conoce. Viajas sola, no tienes que ajustarte a mantener una imagen concreta. Nadie te va a juzgar y si lo hacen qué te importa. Seguramente no los volverás a ver nunca. El otro día me decías que no te encontrabas y te dije que tendrías que buscarte. Échate al camino y recuerda lo que dijo Jean Paul Sartre: *"Si te sientes solo, cuando estás solo, es que estás en mala compañía.*

Alpha se la quedó mirando concentrada en sus propios pensamientos.

— Al final del mes puedes pensar que se acabó el viaje, pero seguramente algo habrá cambiado en tu forma de ser y ese camino ya no tendrá vuelta atrás. De todas formas, como tú recordabas hace unos días, si te equivocas, yo siempre te estaré esperando en el cruce de caminos.

Alpha seguía concentrada y le alargó la mano.

— De acuerdo, tenemos un trato.

— ¿Respetando las reglas?
— Respetando las reglas. Me voy a acostar, tengo mucho que pensar y mañana estaremos en la puerta del banco cuando abran. Hay mucho que hacer.

Olga observó que se había olvidado el teléfono encima de la mesa. Esperaba que fuera un buen augurio.

[***]

Sonó el teléfono y Olga lo descolgó en el salón.
— Diga.
— Mamá, no te imaginas donde he pasado la tarde
— ¿En la playa?
— Te he dicho que nunca te lo imaginarás. He pasado cuatro horas en la Biblioteca Provincial.
— Te noto por la voz que estás exultante. Algo te ha debido de pasar.
— No se te escapa una ni a distancia. Como dejé el móvil, en este viaje estoy medio desnuda. Necesitaba contrastar algunos pensamientos y no podía contar con internet así que he recurrido a la Prehistoria. Primero he preguntado a un joven que paseaba a su mascota. No tenía ni idea. Después me crucé con una abuelita, como tú.
— Oye, niña, un respeto.
— Me explicó sin ningún problema cómo llegar. Yo pensaba que sacaría el teléfono del bolso y me lo

señalaría en el mapa de Google. Para mi sorpresa a base de contar aceras y giros a izquierda y derecha me llevó hasta la misma puerta. El caso es que me he enamorado.

— Ahora entiendo lo de esta llamada que se salta las normas que rigen el viaje. ¿Supongo que no te habrás enamorado de la viejecita?

Olga se puso cómoda porque presentía que aquella llamada podía ir para largo.

— Verás, yo había cogido un par de libros de Filosofía porque quería contrastar a través de la historia un par de pensamientos que he tenido estos días. De repente levanté la vista y allí estaba él, al fondo de la sala de lectura. Era mono y estaba completamente abstraído. Estuve varios minutos mirándolo y el tío no perdía la concentración de lo que leía.

— ¿Y?

— Y eso, mamá.

— Elegiste bien la carrera porque si ahora fueras abogado me imagino la cara del juez cuando le argumentaras diciéndole: *"y eso, Señor Juez"*.

— Me debo estar volviendo una bruja, pero me propuse que, a ese, lo iba a hacer yo perder la concentración. Para que te pongas en situación hoy llevaba el short blanco cortito, vamos, enseñando pierna; por cierto, que estoy cogiendo un color dorado precioso y la camiseta salmón de tirantes que más que enseñar deja claro que aquí hay material. Vamos que me sentía guapa a rabiar. Me voy hacia donde estaba sentado y cojo un libro de la estantería que estaba a su espalda. He acabado volviéndome a mi mesa con un libro sobre "Recetas de la cocina precolombina del Siglo XV" ¡Mamá, no me ha echado ni una mirada!

— ¿No estaría leyendo un libro en braille?

— No. Era "Así habló Zaratustra" que como no me dejaste traer el móvil no pude recurrir a la Wikipedia para saber un poco de qué iba el libro.

— Qué chico más raro. ¿Para qué querrá leer la obra más importante de Fiedrich Nietzsche si seguro que estará en internet?

— Cállate, ya sé que te estas riendo de mí. Bueno sigo. Aquello empezaba a ser un reto, así que decidí darle una segunda oportunidad antes de ponerle la etiqueta de gay.

— ¿Y?

— Vi que se levantaba y sacaba del bolsillo la cartera por lo que deduje que se dirigía a la máquina del café que está en la planta baja. Me dije: Chico, tú todavía no lo sabes, pero la Diosa Fortuna te va a dar una segunda oportunidad de conocer a una Villanova.

— Muy bien, hija, ya veo que estás bien, ya has cumplido con la llamada semanal. Hasta la semana que viene. Te recuerdo que la llamada era para dejar constancia de que estás bien.

— Pero, mamá ¿no quieres saber más detalles?

— No, al menos hasta que estés de vuelta. Besitos cariño, te quiero y te cuelgo.

Al otro lado de la línea Alpha permanecía estupefacta. La había dejado con la palabra en la boca. Si lo mejor de estas cosas es contarlo. Reaccionó, cogió la chaqueta torera que descansaba en el respaldo de la silla y abandonó la habitación.

En aquel momento, Mario atravesaba el salón camino de la cocina.

— Hombre, si está aquí mi hijo varón preferido. Ha llamado tu hermana

— A lo primero, no tienes otro y a lo segundo ¿Qué ha dicho esa pesada?

— Algo de que estaba en un sitio muy bonito y había un montón de pajaritos volando alrededor de su cabeza, pero se ha cortado.

— Si era un zoológico, que alquile una jaula.

— Mejor no se lo digo, no sea que te traiga un truño de elefante como souvenir.

Hacía tres días que la había acompañado a la estación de autobuses sin preguntarle hacia donde se dirigía. Se imaginó que a algún lugar con costa porque en su maleta viajaban tres bikinis y un traje de baño. El autobús no habría abandonado la ciudad cuando sintió el pellizco de la ausencia. Aquella noche recibió una llamada para informarle que había llegado bien y que se alojaba en el Hostal García cerca de la playa del Postiguet en Alicante. Nada más colgar buscó el hostal en internet, apuntó el número en un papel que dejó al lado del teléfono y lo grabó en contactos. Seguidamente, llamó al hostal para comprobar que la información estaba actualizada y preguntó el precio de la habitación. Vio que había empezado siendo comedida en el gasto. Como madre, aquel viaje se le iba a hacer muy largo.

5. Paseando por la ciudad

Paseaba aquella mañana por una calle alejada de la franja litoral de la ciudad que ocupaban las grandes cadenas hoteleras. Aquellas calles estaban bien cuidadas y las fachadas habían sido bien mantenidas o rehabilitadas usando los mismos materiales y diseños empleados en su construcción hace más de un siglo. Al doblar una esquina desembocó en una pequeña placita con una fuente en medio y cuyo murete circular aprovechaban dos ancianos para descansar mientras hablaban y dibujaban figuras imaginarias, en los adoquines del suelo, con la punta de sus bastones.

Enseguida lo vio. Un gran cartel marrón con letras doradas, que habían conocido momentos más brillantes, anunciaban "Librería Internacional". En un extremo del cartel una chapa esmaltada recordaba la "Exposición Universal 1900 París" y en el otro extremo otra decía "Casa fundada en 1925". La fachada estaba formada por cuatro cristales rematados por arriba con sendas vidrieras Art Decó en semicírculo. Sintió la necesidad de entrar. De haber llevado el móvil se hubiese apresurado a sacar una foto y subirla a Instagram. Al abrir la puerta sonó un carrillón de campanillas. La luz del sol que en ese momento atravesaba las vidrieras convertía el interior en un crisol de colores y tardó unos segundos en acostumbrarse y distinguir las formas. Un intenso olor a papel de libro viejo la rodeó.

Cientos y cientos ocupaban las estanterías que del suelo hasta el techo y de pared a pared ocupaban todo el espacio hasta donde ella podía ver. Por doquier había mesas donde se amontonaban libros aparentemente sin orden ni concierto, pero Alpha se sintió intimidada a tocar porque le pareció que era mancillar un pedazo de la historia. Seguro que todo lo que había allí ya estaba cuando ella llegó a este mundo.

Del fondo de la tienda se movió una cortina negra y apareció una viejecita. La mujer caminaba despacio. Se tomó su tiempo en recorrer los 30 metros que la separaban de Alpha.

— Disculpa niña, estaba en el almacén y cuando camino tengo que ir saludando a mis niños.

Alpha vio que era una viejecita adorable que se veía que había ido menguando con la edad. La piel de sus manos era fina, trasparente, como de cristal y permitía ver el curso de sus venas. Una melena plateada hasta un poco más abajo de los hombros y donde cada pelo parecía saber el lugar que debía ocupar, completaban su imagen.

— Es la primera vez que estoy en esta ciudad, vi la fachada de la librería, el cartel haciendo referencia a la Exposición Universal de París, que se inauguró hace más de cien años y he sentido la necesidad de entrar.
— La fundó mi abuela Doña Genoveva Do Santos de la que se dice que tuvo sus amoríos con la realeza de la época. Era una adelantada a su tiempo y debió de vivir la Expo de París intensamente. Allí se mostraron al mundo grandes adelantos en maquinaria, construcción y se establecieron los fundamentos de una aldea global. Desgraciadamente hoy muchos la recuerdan solo

porque quedó como monumento la Torre Eiffel. Después la regentó mi madre Doña Genoveva López Ibor y por último yo, Genoveva Barbosa. Como ves, en mi familia, a las mujeres, desde hace un siglo, nos ha gustado llevar las riendas. ¿No me has dicho si te gusta lo que ves?

— Estoy sobrecogida. Mire donde mire veo cosas que seguro tienen una historia detrás. Historia que me encantaría conocer. Ese papiro enmarcado detrás de ese cristal que cuelga de la pared. Ese globo terráqueo tan diferente a todo lo que había visto hasta ahora. Ese cartel junto a la sección libros viajeros y que dice "el viaje solo acaba cuando se termina la imaginación". Seguro que detrás de cada uno hay una historia o la provocaron. *¿Cuantos terminaron el cartel pensando…y la imaginación es infinita?*

— Vaya chiquilla, veo que sabes observar.

— No crea. Si estoy aquí seguramente es gracias a mi madre. Me incitó a hacer un viaje, pero me puso unas condiciones que eran duras o así me lo parecieron al principio.

— ¿Cuáles eran?

— Me obligó a dejar mi teléfono móvil, a desconectarme de mis amigos, de las redes sociales, a abandonar todo aquello que formaba parte de mis costumbres y me lanzó al camino. El viaje debe durar un mínimo de 21 días y solo puedo llamarla una vez a la semana para decirle si estoy bien y si he cambiado de hotel o de ciudad. Dice que quiere que sea un viaje introspectivo, un viaje para escucharme a mí misma, para encontrarme.

— Creo que tu madre te envió a este viaje no para que te encuentres sino para que te construyas a ti misma. Ahora que te estoy conociendo y viendo que te ha puesto en el buen camino deduzco que tu madre debe ser una gran mujer. Me encantaría conocerla algún día, aunque tendría que ser entre estas cuatro paredes porque ya casi no salgo. El tiempo que me queda lo quiero pasar entre estos amigos que ahora descansan en las estanterías y que tanto me han dicho a lo largo de la vida. Dale un beso de mi parte cuando la vuelvas a ver. Bueno, ¿te puedo ayudar en algo?

— Quisiera un libro, un diario, algo para convertirlo en un cuaderno de viaje.

— Tengo lo que necesitas, pero tendrás que esperar que vaya al almacén. Lo tenía reservado para mi nieta, pero se parece a mi yerno y me salió tonta. No se debe dar turrón de Alicante a quien no tiene dentadura. Desde entonces lo tengo guardado en la trastienda esperando que entre la persona que sepa apreciarlo.

Mientras, Alpha curioseaba leyendo las tapas de los libros. Cada uno le parecía un tesoro. Los tipos de encuadernación eran muy diferentes y las palabras que más se repetían eran viajes, rutas, caminos.

— Mira, este es del que te hablaba.

Era un libro precioso con tapas encuadernadas en terciopelo rojo, con cantoneras metálicas en las cuatro esquinas.

— Las cosas importantes de la vida deben estar bien encuadernadas. Como ves, en la tapa lleva impreso un rosetón de seis puntas que tradicionalmente se empleaba para espantar los malos espíritus. También se usaba en muchas religiones y también por los alquimistas. ¿Qué es la Alquimia? En resumen, la búsqueda de la piedra filosofal. Creo que tu madre te envió de viaje para que conviertas un metal corriente en uno noble y brillante como la plata o el oro.

— Doña Genoveva, con usted me pasa como a veces con mi madre. Intuyo lo que quieren decirme, pero presiento que no capto todos los matices.

— Eso es porque algunas, aunque seguimos caminando hacia adelante, ya estamos de vuelta de muchas cosas. Date tiempo, lo importante es seguir caminando.

— Pero este libro será muy caro.

— ¿Cuánto pensabas gastarte?

— No sé. ¿Doce euros?

— Dame diez y con los otros dos pagas el café que te tomes en una bonita terraza el día que escribas las primeras líneas.

— ¿Puedo besarla?

— Claro, niña.

— ¿Puedo volver a verla y me cuenta alguna de estas historias que se esconden en este local?

— Cuando quieras.

Alpha abandonó la librería y se dirigió al borde del mar. Se sentó en una roca donde las olas casi llegaban a tocarle las sandalias y abrió su bonito diario de terciopelo rojo. Dejó la primera página en blanco para escribir el título cuando acabase el viaje. En la siguiente escribió la fecha y el título del primer capítulo:*" Viaje al interior: de como llegaste a mí".*

A continuación escribió la escena que había vivido y las sensaciones que le había producido algo tan aparentemente sencillo como comprar un diario. Escribió tres hojas con la letra pequeña y apretada que había usado para tomar apuntes durante toda la carrera. Las releyó y vio que aquellas hojas estaban llenas de gratos sentimientos. La experiencia había sido sumamente satisfactoria. Se dio cuenta que lo que acababa de vivir nunca se hubiese producido de no tener su teléfono a cientos de kilómetros. No hubiese sentido la necesidad de comprar un diario, ni de entrar en aquella librería de libros viejos y por supuesto no hubiese conocido a la señora Genoveva. Y aunque lo hubiese hecho, nada más salir de aquel templo maravilloso donde cada habitante tenía algo que decir, hubiese sacado una foto al libro y escrito dos líneas para subirlo a la red y compartir su nueva adquisición con todos sus amigos y amigas virtuales. En pocos segundos varias docenas de otros mensajes habrían reclamado la inmediatez de su atención y todo hubiese sido diferente. Cerró el diario. Quizá por primera vez entendió lo larga que era la sombra de su madre cuando le dijo: *"será un viaje para escucharte a ti misma".* Sonrió.

6. El masaje.

Hacía un par de horas que había oscurecido y se levantó de la terraza de la heladería donde había dejado pasar el tiempo la última media hora. Hacía calor y la humedad del mar volvía el aire pegajoso. Llevaba un vestido blanco, estilo moda ibicenca, con tirantes finos, un top ajustado que se unía con una cenefa de encaje a una falda vaporosa con mucho movimiento. Un pequeño bolso donde llevar la cartera y unos pendientes de aro grandes del mismo color, que había comprado en el mercadillo por la mañana. Le habían pedido 10 euros y los había acabado comprando por seis. Era la primera vez que regateaba y le había parecido divertido. Volver al hotel no le pareció una opción válida y vio un cartel que ponía "barrio de la Judería". Marcaba 200 metros y se dirigió hacia allí.

Era una sucesión de calles estrechas formadas por casas bajas que se retorcían en ángulos que dificultaban la orientación. Aceras angostas con el pavimento mal conservado y la iluminación cada vez más escasa la empezaron a poner cada vez más nerviosa. No se veía a nadie. De una casa a su izquierda salieron las toses bronquíticas de alguien a punto de un último estertor. En una casa a su derecha una pareja discutía acaloradamente y el hombre parecía reprocharla algo de "tu hijo, el drogadicto". Se dio la vuelta y aceleró el paso. El corazón se le aceleró. Se debió equivocar de calle porque vio un hombre tirado a la puerta de un tascucho que pintado en la pared con brocha ponía BAR. Otro sujeto, tan ebrio como el primero lo intentaba levantar al grito de ¡levanta, Mortadelo, levanta!

Aceleró más el paso y se alegró de no haberse puesto las sandalias de plataforma. Si al menos hubiese tenido la linterna del móvil. En un recoveco entre dos casas, oscuro como boca de lobo, vio la pavesa de un cigarro moverse hacia la altura de unos labios y brillar más fuerte antes de iluminar el humo exhalado por alguien que quería permanecer al amparo de la sombra oscura.

— Señorita disculpe, ¿se ha perdido?
— ¡Sí!, ¡No! Bueno, sí.

Era un joven que no sabía de donde había salido pero que usó su móvil para poner un poco de luz entre ellos.

— Estas calles están poco iluminadas y es fácil desorientarse. Si lo desea venga conmigo. Voy hacia el centro de la ciudad.

La miraba con una sonrisa y a la tenue luz parecía una persona agradable.

— Si no le importa iré con usted. Me hará un favor.

Quince minutos después desembocaron en una arteria de la ciudad bien iluminada. Por fin pudieron verse a la luz. Era rubio, pelo corto y una sonrisa que enseñaba una dentadura perfecta.

— Soy Wilhelm, mi madre era sueca, pero mis amigos me
llaman Wil.

Le extendió una mano completamente abierta, que estaba
en el extremo de un antebrazo poderoso, que no pasó
desapercibido a Alpha.

— Soy Alpha, como la primera letra del abecedario griego,
dijo extendiendo su brazo para darle la mano. Justo en
ese momento, hizo un gesto de dolor que no pasó
desapercibido al joven.
— ¿Qué te pasa?
— Nada, llevo años teniendo problemas con las cervicales
por culpa de pasar tantas horas estudiando. Se me
cargan los músculos del cuello y a veces veo las estrellas.
Ya me he acostumbrado a vivir con ello. Normalmente
se me pasa solo. Habrá sido la tensión nerviosa.
— Si quieres hoy puede ser tu día de suerte. Además de
rescatador de señoritas perdidas soy fisioterapeuta y
masajista diplomado. A estas horas de la noche creo que
tendré un hueco en la agenda de mi consulta. Tengo la
consulta a un par de calles de aquí.

Alpha no sabía qué decir. Lo correcto sería rechazar el
ofrecimiento, apenas lo conocía. ¿Qué le había dicho su madre?
Aprender a desaprender. Si quieres hacer algo, hazlo. No te
preocupes por el qué pensarán.

— Lo que no quiero es pasarte consulta sentada en un
banco del parque. En la consulta tengo las máquinas que
necesito por si hay que estirarte las cervicales o lo que
encontremos.

— Vale, vamos.

Una placa en el portal y otra en la puerta de acceso ponía "despacho de fisioterapia y masaje" Nada más entrar una foto, detrás del mostrador de recepción, mostraba a Wilhelm con una chica vestidos con bata blanca en los jardines de un hospital.

— ¿Es tu novia?
— ¿Quién?, ¿Polilla? No. Es mi socia en esta aventura que empezamos hace dos años. Se casa en unos meses con Marcos, un compañero de la facultad que acabó la carrera, pero prefirió trabajar para un banco en el departamento de internacional. Habla cinco idiomas.

La consulta estaba decorada con sobriedad y el color mandarina de las paredes creaba un ambiente cálido.

— Siéntate en la camilla.

Sus manos eran grandes pero suaves y cálidas. Empezando por la parte alta del cuello fue descendiendo muy poco a poco. Casi en la base le cogió con una mano el brazo levantándolo muy despacio mientras con la otra mano tanteaba su cuello. Después con el otro brazo.

— ¡Madre mía, cómo tienes esto! Además de dolor ¿nunca has tenido mareos?
— Hace un año estuve un par de meses que cuando giraba el cuello un poco rápido hacia un lado notaba como si se moviese el barco. Llegó a darme miedo pasar los pasos de peatones por si me podía marear y caerme en medio de la carretera. No me atrevía a conducir.

La palpó toda la espalda descubriendo un par de nudos a la altura de los omóplatos.

— Esto nos va a llevar más tiempo del que pensaba. Te voy a conectar a una máquina. Tranquila que no sentirás ningún dolor. Simplemente te estirará las cervicales y dejará de presionar, durante treinta minutos. Si notas alguna molestia me lo dices. Relájate, voy a prepararlo todo porque pasaremos a otra habitación.

— Hace un par de semanas que me he graduado y este último año ha sido muy duro. Mucha tensión. Eso o que estoy mal montada.

— No está demostrado científicamente pero sí parece que cuando desaparece la adrenalina que nos mantiene alerta, se resienten las estructuras que estaban silentes.

— Wil si te oye mi madre emplear la palabra silente, te come a besos. Es una defensora del buen uso del idioma.

Wil se sonrió.

— Anda, quítate los pendientes y túmbate en esta camilla con la cabeza hacia la máquina. Vas a estar media horita y te voy a dejar sola para que te relajes y no hables.

— Si quieres me callo y me hablas de ti.

— Relájate. Si quieres puedes dormirte.

Alpha pensó que aquel medio sueco era muy agradable. Bueno, agradable y guapo. Agradable, guapo y estaba cachas. Agradable, guapo, cachas y bien educado. Agradable, guapo, cachas, educado y … mierda, seguro que tenía novia. Se tenía que enterar pero seguro que alguna medio tonta se le habría adelantado.

A la media hora entró en la habitación y la desconectó de la máquina.

— Siéntate en la camilla muy despacio y cuando des los primeros pasos espera que esté a tu lado para sujetarte. Es posible que te sientas un poquito mareada. Si ocurre se te pasará enseguida. Bien, te sujeto, vamos a ir andando despacio hasta el sofá.

— Wil, ¿tienes novia?

— Vaya, qué directa. No sabía que esta máquina tuviese ese efecto secundario.

— Media hora me ha dado para pensar mucho. Oía una voz en mi cabeza que me decía: "Al chico se le ve educado, es guapetón, está cachas, es simpático, tiene una bonita sonrisa que no le cuesta enseñar y además sabe emplear la palabra silente. Alpha, seguro que llegas tarde como siempre"
Por otro lado, una vocecita más débil, me decía que si hoy me habías sacado de una situación apurada y ahora estabas en proceso de curarme las cervicales y dicen que no hay dos sin tres, pues tal vez, de forma inexplicable no tengas novia, ni esposa, ni hijos ilegítimos, ni perrito que te ladre.

— Cuando rellene tu ficha pondré: "Nombre: Alpha. Apellidos: La mujer que oye voces en su cabeza". ¿Cómo te sientes? ¿Quieres tomar algo? Tengo agua, zumos de naranja y de piña, coca-cola, bitter, café expreso, descafeinado y un montón de tés de diferentes sabores.

— Un zumo de piña estaría bien. La verdad es que hace un poco de calor en la consulta.

— Está climatizada pero siempre mantenemos la temperatura tres o cuatro grados más de lo normal. Es por los masajes, sino algunas personas sienten frío.

— ¿Cómo surgió lo de mezclar la fisioterapia con los masajes?

— Los estudios de Anatomía y de Fisiología sirven para las dos cosas. Tanto Polilla como yo obtuvimos las dos titulaciones y yo hice un curso de posgrado de masajes en Suecia donde esto se cuida más y traje las últimas técnicas.

— ¿Por qué la llamas "Polilla"?

— Se llama Nerea, es vasca y en su casa era la neska polita, es decir, niña bonita. Como es todo nervio, polita se convirtió en polilla y así la conocemos desde la facultad.

— ¿Y dais masajes a deportistas y gente lesionada?

— Y a gente estresada, con contracturas. ¿Cuándo te dieron el último masaje?

— Déjame pensar. ¿Nunca?

Wil se levantó, la cogió de la mano haciendo que se levantase del sofá y la llevó a otra habitación. Un reloj en la pared marcaba las dos de la madrugada. Alpha vio una camilla más ancha de las habituales, una estantería llena de toallas dobladas, un perchero y una mesa auxiliar con una silla. Puso una toalla grande sobre la camilla y dejó otra doblada encima.

— Desnúdate, puedes colgar el vestido del perchero y no te olvides de quitarte el reloj. Voy a atemperar el aceite. Túmbate boca abajo y tapate si quieres con esta toalla.

Alpha colgó el vestido y le asaltaron las dudas. ¿La ropa interior también? El sujetador se lo quitaba en la playa haciendo toples pero ¿y la braguita? Se tumbó en la camilla y se tapó del culo hasta las rodillas. Se alegró de haberse hecho una depilación brasileña.

Se empezó a oír música relajante por los altavoces del techo. Wil entró en la habitación llevando un cuenco cuyo olor inundó rápidamente la habitación.

— Me he decidido por usar un aceite de camomila que ayuda a tratar problemas musculares y combate la ansiedad y el insomnio.

La recolocó en la camilla, la cabeza hacia un lado, los brazos a lo largo del cuerpo con las palmas de las manos hacia arriba y las piernas un poco separadas en V.

Le hablaba en un tono pausado y relajante. Cogió aceite con sus manos y muy despacio, como gotas de lluvia, las fue repartiendo por toda la espalda. El aceite estaba un poco más caliente que la temperatura de su cuerpo y notarlas caer, una a una, resultaba sumamente placentero.

Se colocó a la cabecera de la camilla y con aquellas dos manos grandes empezó a masajearle la espalda con cuidado, extendiendo el aceite por toda la superficie. Los pulgares unidos se deslizaban a lo largo de su columna vertebral y aquellas dos manos abiertas abarcaban casi la totalidad de su torso posterior. Siempre desde los hombros hasta el inicio de los glúteos. Luego, las manos volvían por sus laterales a la posición anterior. Lo repitió una y otra vez y cada ocasión era más placentera que la anterior. De repente cambió y ambas manos se ocuparon de su brazo derecho. Uno por uno los dedos fueron movilizados, flexionados, presionados. Sus dedos seguían el curso de los ligamentos del dorso de la mano y los músculos de la palma eran suavemente pellizcados. Siguieron el antebrazo y el brazo y solo se interrumpía para coger más aceite del cuenco. Después aplicó la misma dedicación al otro brazo.

Alpha se sentía a gusto, relajada, abandonada y dejándose hacer. Wil empezó a masajearle la parte baja de la espalda, hasta los glúteos. En un momento dobló la toalla con la que se tapaba y compuso un rulo que colocó debajo de su pelvis elevándola unos centímetros de la camilla. Estaba claro que así las partes más ocultas de su anatomía quedaban expuestas.

Lluvia de aceite sobre sus nalgas y notó como sus dedos pulgares viajaban por la bisectriz mientras sus manos movilizaban sus glúteos. Pasada la primera sorpresa, estuvo a punto de soltar la carcajada cuando se dio cuenta que hasta sus pensamientos eran de niña pija. Había pensado en bisectriz cuando realmente le estaban separando la raja del culo.

Wil repitió aquel movimiento una y otra vez. Alpha empezó a sentir placer sobre todo cuando una de las veces se detuvo en su esfínter anal y pareció que jugueteaba con él. Lo rodeaba, lo bordeaba, lo presionaba suavemente. Notó como gotas de aceite descendían por el canalillo donde las detenía con sus dedos. Empezó a notar mucho calor en sus mejillas y la tensión que se iba acumulando en sus caderas hacía que cada vez le fuera más difícil no moverse.

Wil se desplazó al final de la camilla y empezó a masajearle las piernas empezando por los dedos de los pies. Uno a uno eran masajeados y las plantas de los pies eran presionadas con los pulgares. Sus manos ascendían despacio por sus pantorrillas. La presión aumentaba con sus pulgares en la parte posterior de sus muslos apuntando al glúteo, mientras el resto recorrían la parte interna hasta el pliegue de la ingle donde ascendían en el último momento hacia el glúteo. Alpha lo sentía como una promesa que no llegaba a materializarse.

Estaba luchando contra la necesidad de gemir, le daba vergüenza. ¿Por qué?, pensó. Era él quien estaba provocando aquellas reacciones en su cuerpo. Tenía que ser muy tonto para no darse cuenta y estaba muy claro que sabía lo que se hacía. A Alpha cada vez le costaba más no moverse. Cuando notaba ascender sus manos por el interior de sus muslos sus manos se cerraban y contraía con fuerza los glúteos. Sus pies se levantaban de la camilla y la tensión sexual era cada vez mayor. Alpha gemía sin miramientos. Wil volvió a concentrarse en sus glúteos. Por los altavoces del techo empezó a sonar La Marcha Radetzky de Johann Strauss. La conocía muy bien porque era la marcha con la que tradicionalmente se cierra el concierto de Año Nuevo. Su madre era una acérrima defensora de empezar el año viendo tal acontecimiento y al llegar a la marcha subía los amplificadores a máxima potencia y en una absoluta pérdida de papeles acompañaba con palmadas el ritmo de la orquesta. Más aceite y Wil parecía estar entretenido con su esfínter. ¿Qué hace? ¿está jugando? No, estaba llevando el ritmo de la orquesta con golpecitos en el esfínter. Alpha gemía de forma continuada, su cuerpo empezaba a retorcerse sin ningún pudor. La tensión sexual estaba llegando a límites desconocidos para ella cuando el público empezó a aplaudir al ritmo de la orquesta. Ese momento fue el que eligió Wil para introducir una falange en el esfínter.

El cuerpo se contrajo con violencia, las caderas se levantaron quince centímetros y distintos espasmos recorrieron su cuerpo con una violencia que nunca había sentido. Su boca abierta buscaba el aire que no entraba en los pulmones. Poco a poco se fue relajando y consiguió cerrar la boca en una sonrisa. Fue a decir algo, pero no encontró nada en su cerebro.

Mientras tanto Wil, seguía masajeando sus caderas y sus muslos haciendo que se acumulase nuevamente la energía. Dos minutos más tarde.

— Por Dios Wil otra…

No llegó a completar la frase cuando vivió un segundo orgasmo no tan violento como el primero. Hasta ese día sus orgasmos habían sido silenciosos o teniendo cuidado de no ser escuchados por nadie. Le gustaba poder gemir en libertad. Su cuerpo había acabado descompuesto en la camilla. Sus brazos colgaban a lo largo de las patas de la camilla donde se había agarrado, sus rodillas encogidas con los pies entrelazados y su melena por la cara tapándole una amplia sonrisa. Wil apoyó una mano entre los omoplatos y otra sobre los riñones esperando que se le normalizase la respiración.

— Cuando quieras, date la vuelta.

Alpha se sorprendió. Por lo visto pensaba seguir. Se dio la vuelta sin atreverse a abrir los ojos. No quería verle la cara y menos ahora que estaba viendo sus senos erguidos y agradeció una vez más el llevar una depilación brasileña tan reciente. Pensó que, si no, le hubiese resultado más violento.

— Relájate y no pienses.

Wil empezó a esparcir aceite sobre su torso y enseguida se centró en sus hombros y en su cuello. Sus dedos pulgares ejercían un poco más de presión al pasar por lo que los franceses llaman "le coin de l´amour" o el rincón del amor. Es un pequeño triángulo que se forma por encima de las clavículas y que debía estar lleno de terminaciones nerviosas porque es un lugar sumamente sensual al ser besado. Llegó a sus orejas y sus dedos índice y pulgar masajearon los lóbulos de todas las formas imaginables.

Sus manos resbalaban entre sus pechos, presionaban su vientre y cuando llegaban un poco más allá de la línea del bikini se separaban hacia los costados por donde subían hacia los hombros. Cuatro, cinco, seis veces, parecían una promesa de futuro que conseguía que una carga de energía se fuera acumulando en su bajo vientre. Alpha notaba sus pezones duros y todavía no habían sido objeto de atención. Si antes lo piensa, antes se hubiesen sentido abarcados por aquellas dos grandes manos. Se puso a jugar con los pezones. Los pellizcaba suavemente, los movía en todas direcciones y los frotaba con el centro de las palmas de las manos. La respiración era más rápida y tenía la boca abierta. Cada exhalación iba acompañada de un gemido. Oleadas de calor subían hasta su cara que debía estar muy colorada. Iba a tener otro orgasmo.

Wil abandonó sus pechos y deslizó sus manos por el vientre hasta la unión de sus muslos. Sus dedos índices y corazón se deslizaron por la parte exterior de sus labios mayores presionando su clítoris sin llegar a tocarlo. Alpha se tuvo que dejar ir, encadenando por primera vez dos orgasmos seguidos. No sabía si había gritado, gemido o insultado. No podía pensar. Notó que Wil posaba una mano en su pecho y otra en el vientre y las mantuvo quietas hasta que recuperó la respiración.

Lo último que sintió fue que Wil la cubría con una toalla, la apartaba el pelo de la cara y apagaba la luz abandonando la habitación y dejándola en penumbra.

[***]

Se despertó y le costó un momento saber dónde se encontraba. No se oía un solo ruido. El reloj de la pared marcaba las 6 horas y 45 minutos de la mañana. Debía de haber dormido más de tres horas. Se vistió y salió al pasillo. No había rastro de Wil. Al pasar por una habitación lo vio durmiendo en el sofá. Se oía su respiración rítmica. Por un momento pensó en despertarlo, pero estaba nerviosa y optó por dirigirse a la puerta de salida. Salió y cerró la puerta con cuidado para no hacer ruido. Agradeció llegar a la calle y doblar en la primera esquina.

Eran más de las siete y Marta acababa de relevar al recepcionista de la noche en el hotel. La vio entrar y con una amplia sonrisa le extendió la llave de su habitación.

— Buenos días, Alpha. Anda y vete a dormir, pero luego me cuentas y quiero detalles.
— Jolín, ¿tanto se me nota?

— Vas diciendo a gritos "he tenido sexo y del bueno"

— ¡Qué exagerada!, será tu mente retorcida.

— Eso y llevar varios años de recepcionista. Nunca podrás engañar a ninguno.

— Dile a María que limpie mi habitación la última, por favor.

Entró en su habitación, se desnudó y desechó la idea de darse una ducha. Demasiado esfuerzo y además no quería pensar. Se acostó y en la mesilla de noche descansaba su diario.

— Mañana cuando me despierte te voy a dar motivos para tener las tapas rojas.

Se rio y se tapó con la sábana.

7.Las últimas 24 horas

Se levantó varias horas después. Se desperezó en la cama pareciéndole que sus brazos y piernas habían crecido. El reloj de pulsera que descansaba encima del diario marcaba las 12 horas. Sintió una punzada de hambre en el estómago. Al abrir la ventana entró una ráfaga de brisa marina que olía a yodo y salitre. Era fantástico levantarse así cada mañana. Los habitantes de las grandes ciudades del interior no saben lo que se pierden. Pensó en darse una ducha rápida y bajar a la playa. Su cuerpo le pedía sol y mar.

No esperó ni a secarse la melena. Con los dedos compuso una imagen peinada al descuido. El bikini rojo y un pareo de colores vivos anudado como le había enseñado Marta. Lo había llamado "look romano" y el pareo dejaba al aire hombro y brazo izquierdos anudándose sobre el otro hombro. Un rápido vistazo al bolso de playa. Toalla, protector solar, cepillo, crema hidratante, una pequeña carterita con 30 € y el libro ¡Estás pecando, Señor! Le había sido recomendado por su madre y lo había comenzado a leer en la playa el día anterior. En la tercera página ya se había visto atrapada por la acción que transcurría en tres historias, desde finales del siglo XVIII hasta los inicios del siglo XXI, que guardaban un néxo de unión. El autor, un tal Alejandro Salgado Sevilla, había sido todo un descubrimiento tanto para ella como para su madre. El manejo del lenguaje a lo largo de los siglos. La medida del tempo con que el autor va dando pistas cual piezas de un puzle, mantenían la tensión en el lector en cada capítulo, en cada página. Era un libro de los que al día siguiente te hace levantarte con déficit de sueño y la sensación de que el autor te ha llevado al huerto. Era todo lo que necesitaba. Un último vistazo en el espejo, que le devolvió una imagen a la que no pudo evitar enviarle un beso.

Salió a la calle y cruzó la carretera metiéndose en la cafetería Florida. Aquello era territorio gaditano y donde reinaba Luis José que era más de Cádiz que los carnavales. Era un gaditano puro. Capaz de pronunciar 4500 palabras por minuto sin respirar y que venía acompañado de un diccionario de traducción Gaditano – Español.

> — Luis José, ponme por favor, dos tostadas grandes con tomate restregado y jamón del bueno, no del que les pones a los guiris, dos zumos de piña, un cortado descafeinado de máquina con sacarina, un café con cafeína solo de máquina y sacarina. Ah, y un pincho de tortilla de esa que acabas de sacar y está calentita.
>
> — Claro, mi arma. Si quieres, para acompañar te pongo un revuelto de dos huevos de corral con gambas y una fuente de papas aliñás. Vamos, para que no te quedes con hambre y aguantes hasta la hora de comer, que todavía falta una hora para abrir el comedor.
>
> — Mira que eres exagerado.

Colocó la toalla un poco alejada de la orilla, huyendo de los gritos de los niños que jugaban y sobre todo de las madres y abuelas que los llamaban a gritos. Prefería mantenerse alejada de ciertas escenas.

Hacía calor y decidió darse un baño antes de aplicarse la crema solar. El agua estaba calentita y nadó un rato despacio, sintiendo como su cuerpo desplazaba el agua. Flotó boca arriba. Sus oídos sumergidos solo recibían algún sonido muy filtrado. Se sentía muy a gusto. Pensó que en toda su vida quizá era la primera vez que estaba tan relajada, tan tranquila. Era como sentir que estaba donde quería estar, hacía lo que quería hacer, era lo que quería ser y todo eso junto le producía un placer hasta ahora desconocido.

Se dirigió a la orilla. Le vino a la cabeza la música de "Siete semanas y media" cantada por Joe Cocker. Salió despacio. Cada paso dejaba al descubierto una parte mayor de su cuerpo. Notó que sus caderas cimbreaban excesivamente al ritmo de la música que sonaba en su cabeza. Se sentía Afrodita, la diosa griega del amor y la belleza saliendo de la espuma del mar.

Se tumbó en la toalla y sabía que ya no iba a poder postergarlo más. Tenía que pensar en lo que había pasado la noche anterior. Conocer a Wil había sido como tener una revelación. Se sentía como una botella de champán que, al descorcharse, miles de burbujas pugnan por abandonar el encierro. Esa Alpha era ella, formaba parte de su ser, pero había estado escondida, agazapada, siendo sin ser hasta aquella noche. Solo una sombra hacía que la sonrisa, que no se había podido quitar de la cara, fuera aún mayor.

Sentía que no se había portado bien con él. Había sido egoísta, solo había recibido, sin preocuparse por Wil y además se había ido sin ni siquiera despedirse. ¿Por qué se había asustado? Wil no podía haberse portado mejor con ella. Solo era un desconocido igual que ella para él. Ni siquiera sabía si tenía novia o esposa. Cuando le había preguntado, hábilmente había toreado la pregunta con una larga cambiada. No podía permitirse sentir algo por alguien que había conocido hace menos de 24 horas pero que sonreía tan bonito. Estaba claro que, con él, había sentido mucho más que con cualquier otro. Se rio.

Decidió que al menos le debía una explicación y una disculpa por su huida. Esta tarde iría a verle seguramente por última vez. Realmente ya había consumido ocho días de sus vacaciones y, siguiendo las reglas del viaje, no sabía si al día siguiente seguiría en esa ciudad o estaría en la carretera. Solo importaba el hoy y el ahora.

Intentó relajarse y dejarse acariciar por el sol pero no lo consiguió.

Eran las 17 horas y estaba tomando una larga ducha. Disfrutaba sintiendo como el agua caía por su cuerpo formando canales que variaban su rumbo al menor movimiento que hiciese. Se extendió aceite hidratante por todo el cuerpo. Un tratamiento para su melena que el salitre estropea tanto y se miró en el espejo. Nunca se había sentido tan guapa. Alguien le había dicho que debía aprender a quererse. ¿Fue su madre? Seguro que era lo que ahora sentía.

Encima de la cama esperaban un sujetador y un tanga blancos. Un top de cuello redondo del mismo color y lo suficientemente corto como para enseñar el ombligo y unos pantalones vaqueros. Unas sandalias de plataforma y optó por repetir los mismos pendientes rojos comprados en el mercadillo.

No tenía su número de teléfono así que no le quedaba más remedio que presentarse en la consulta y que fuera lo que tuviese que ser. Estaba nerviosa. No sabía si era por disculparse ante un extraño o por volverle a ver. Antes de subir se metió en la cafetería que había frente al portal. Pidió un té de jazmín mirando a través de la cristalera los balcones de la fachada. No recordaba ni el piso que era. Confiaba en la placa que había en el portal.

Tocó el timbre y oyó unos pasos.

— Hola Polilla, perdón, quiero decir Nerea. Soy Alpha.

Polilla había puesto cara de sorpresa.

— ¡Ah! La mujer que oye voces en su cabeza.

Alpha se puso colorada de vergüenza. Estaba claro que había sido motivo de comentario entre los dos socios.

— Debía haber llamado por teléfono, pero no lo tenía. Por no tener no tengo ni el mío, pero esa es otra historia.
— ¿Te han vuelto a dar problemas las cervicales?
— No, no, están bien. Solo quería hablar con Wil, al menos si no me odia.
— Siéntate. Ahora le aviso, pero te pido que no le hagas daño.

Polilla se dirigió al fondo del pasillo y entró en la última puerta. Al minuto volvió y le dijo:

— Enseguida saldrá. Está hablando por teléfono.

Alpha se quedó sola en la recepción y había tenido que morderse la lengua para no preguntarle porque pensaba que podía hacerle daño. Se estaba poniendo nerviosa. Sintió la necesidad de irse corriendo, pero eso era lo que había hecho esa mañana y por eso estaba allí. Porque era por eso, ¿no?

Se abrió la puerta y Wil salió con una sonrisa en la cara ¿Es que nunca se le terminaban?

— Hola, Alpha. ¿Algún problema con tus cervicales?
— No, están bien. Solo quiero hablar contigo.

Alpha llevaba las manos metidas en los bolsillos delanteros del pantalón lo que le daba una imagen de indefensión. ¿Dónde estaba la seguridad con que había estado pisando fuerte todo el día?

— Vayamos al despacho que estaremos más tranquilos. Como verás está amueblado con muebles de IKEA y te aseguro que no es un homenaje a mi ascendencia sueca. Se amuebló lo último y nos quedaban cuatro euros del préstamo del banco.

Frente a la puerta, una mesa hecha con dos caballetes y un tablero. En la pared de la derecha un frigorífico y en una mesa auxiliar un microondas y una cafetera. Varias sillas estaban esparcidas por las paredes del despacho.

— ¿Quieres un café o un zumo?
— No, gracias.

La invitó a sentarse y él rodeo la mesa para sentarse en su silla. Alpha hubiera preferido tenerlo más cerca. Aquella mesa parecía una distancia insalvable.

— Wil esto me va a ser difícil. Quería pedirte disculpas.

— Yo también a ti.

— No me interrumpas o no sabré explicarme.

¿Qué había dicho? ¿Que él también quería disculparse? Era igual, tenía que seguir o no lo diría nunca.

— Ayer me porté como una asquerosa egoísta. Tú me lo diste todo y no pensé para nada en ti. Además, esta mañana he dado la espantada. No se por qué he huido como si escapara de un sitio donde no hubiese querido estar. Estoy totalmente avergonzada.

— Ya vale Alpha. Soy yo el que debería disculparse. Esta noche rompí todas las normas de profesionalidad que debo cumplir en mi trabajo. A nivel personal fui un cretino porque provoqué una situación personal y emocional, sabiendo que en este momento soy la persona menos indicada para estar con alguien.

Se levantó y rodeó la mesa poniéndose frente a ella.

— ¿Qué te pasa?

— Detrás de esta sonrisa hay un corazón destrozado. Mi novia, mi amor de toda la vida, la que iba a ser la madre de mis hijos y mi compañera para siempre, murió de un cáncer hace tres meses. En este momento no tengo derecho a entablar una relación con nadie porque la haría sufrir. Esta noche, tus suspiros, tus jadeos me llevaron a otros momentos y no supe parar.

Los dos tenían lágrimas asomando a sus ojos y se abrazaron con fuerza.

— Wil, ¿al menos me dejarás ser tu amiga? ¿Aunque oiga voces en mi cabeza que me hablen?

Los dos se rieron relajando la tensión.

— Te dejo mi teléfono, aunque sabes que estoy de viaje y no estará operativo hasta dentro de tres semanas.

— Hasta siempre Alpha. Eres una gran mujer y espero que la vida te permita encontrar lo que buscas.

Se besaron dulcemente en los labios. Alpha salió a la calle y se dirigió al hotel. Como casi siempre su madre iba a tener razón. Realmente existían hombres inteligentes, hechos, capaces de ser compañeros. Lo malo era tener que pescarlos en un estanque lleno de tontos de baba.

Aquella noche, en la soledad de su habitación, repasó las últimas 24 horas y lloró.

8. Conversación entre Olga y Arturo

Acababan de terminar de comer. Muchas veces preferían comer en casa de Arturo porque estaban más cómodos y aquel hombre parecía haber jugado con los cucharones y las espumaderas desde niño. Solo necesitaba cuatro ingredientes y te componía un plato rico y sabroso.

Cuando estaban en su casa, Olga se dejaba querer y le otorgaba el título de gran chef, mientras ella cumplía las funciones de sommelier. Es decir, se limitaba a descorchar la botella de vino y rellenaba las copas mientras curioseaba entre sus libros, fotos y pequeños objetos comprados en muchos viajes.

Con los cafés, a Olga le entró la nostalgia.

— Arturo, ¿qué será de mi pobre hija? ¿estará bien? Creo que fui demasiado dura al decirle que no podía llamar a casa ¿Y si le está pasando algo que la haga sufrir?

— Tranquila. Seguro que está bien.

— ¿Y si la llamo con cualquier excusa? Solo para oir su voz, así sabré si está bien. Yo la conozco y sé que es una Villanova y las Villanovas somos duras y cabezotas. No nos quejamos ni aunque se nos caiga un ojo. ¿Y si la está engañando un ligón de playa italiano? Esos tienen siempre las palabras "amore mio" en la boca y Alpha todavía es una cría. ¿Y si se enamora de él y la hace sufrir? Como padres nunca sabemos si educarlos para vivir o protegerlos de la vida.

— La enviaste de viaje para que buscara solución a todo lo que pudiera encontrarse a su paso. Debes darle la oportunidad de demostrarte y sobre todo, demostrarse a sí misma que es capaz. Ahora, déjala que practique.

— Es tan difícil, tan duro ser madre. Quisieras poder protegerlos siempre y sabes que si les compras una bici se caerán y se harán daño y que te dolerá más a ti que a ellos, pero se la compras porque así tiene que ser, aunque a veces te odies a ti misma.

— Olga, siempre dices que en la vida hay que aprender cada día. Tranquila, le has hecho el mejor regalo que puede hacer una madre a su hija.

— Arturo, menos mal que te tengo a ti y comprendes mis dudas. Ven, hagámonos el amor.

9. Una mujer de altos vuelos

Aquella mañana se despertó temprano. Eran casi las siete y el sol entraba con fuerza por la ventana de su habitación. La abrió y se deleitó escuchando una ciudad todavía dormida. Parecía que casi todo el mundo seguía acostado. El silencio solamente era alterado por dos empleados de la limpieza que regaban la calle con una manguera y una furgoneta que paró en un lateral de la Cafetería Florida para descargar paquetes de café y cajas de botellines de cerveza.

Se desperezó y de un impulso se arrojó sobre la cama. Los muelles del colchón se quejaron ante tan inesperado y sorpresivo ataque a su integridad. Empezó a rodar a izquierda y derecha como cuando era niña. Quería que el tiempo se congelase y seguir siendo siempre tan feliz, como lo era en esos últimos días. ¿Qué el tiempo se congelase? ¡y una mierda! Ella sabía que ahí fuera había una vida que vivir. Se puso el pantalón vaquero del día anterior y una blusa estampada con motivos florales y bajó a recepción.

— Hola Marta. Lo correcto sería decirte que te veo estupenda, pero tienes cara de venir de alguna fiesta que ha durado toda la noche.
— Creo que me voy a poner unos palillos en los párpados para mantener los ojos abiertos mientras duermo durante las próximas siete horas de trabajo.

— Déjamelo a mí. Si para algo sirve la Universidad es para encontrar remedios a largas noches de estudio y poder pasar la mañana haciendo exámenes.

De un salto entró en la Cafetería Florida como un tornado.

— Luis José, operación rescate. Tenemos que salvarle la vida a una recepcionista. Ponme dos cafés largos, negros como la noche oscura y échales un buen chorro de Bayleis que le sirvan de electroshock. Dos madalenas para que no se le ulcere el estómago y un cortado para mí. Todo para llevar. Vamos, vamos, que el tiempo pasa y si no llego a tiempo la perdemos. Mientras caía el café en los vasos a Luis solo le dio tiempo de mirar el reloj y comprobar que a esa hora no podía estar bajo los efectos de una insolación.

— Gracias, cuando venga a comer te pago.

Luis José solo pudo pensar que aquella chiquilla había conseguido dejarlo sin palabras. A él, que era gaditano.

— Ojú.
— Toma Marta, tomate el café y las madalenas y te sentirás mejor. Por cierto, cuéntame quien es ese que te ha tenido despierta toda la noche.
— No ha sido ese, sino esa. Se llama Astrid y es una teutona que conocí ayer en un pub. Te juro Alpha que ayer solo salí a tomar una cervecita después de cenar esperando que bajase un poco la temperatura del interior de la casa.

Entré al pub que estaba iluminado en claros y oscuros. Bajo uno de los focos reinaba ella. Nada más cruzar la puerta nuestras miradas se cruzaron y me la mantuvo. Su melena rubia brillaba, sus ojos verdes intensos brillaban, su sonrisa brillaba, todo en ella irradiaba luz. Fui a la barra a pedir y miré en su dirección y seguía mirándome. Se abrió paso en mi dirección e invadió mi espacio privado. Se agachó y me susurró al oído.

"Soy Astrid y eres lo más bonito que he visto estas vacaciones"

Hablaba bastante bien castellano, pero con ese acento profundo de los alemanes que hasta cuando te susurran al oído parece que se les ha pegado un polvorón en el paladar.

— Pero Marta ¿cómo supo que tú eres lesbiana? Yo me acabo de enterar.

— Entre nosotras desarrollamos un sentido especial que raramente falla. A los chicos les pasa igual entre ellos. Lo más sorprendente es que en las relaciones yo soy muy mandona, pero Astrid me disolvió como un terrón de azúcar en este café. Por cierto, está muy bueno. No voy a preguntar lo que le habéis echado Luis y tú, pero gracias.

— ¿Habéis quedado para veros hoy?

— Dentro de una hora coge el avión en el Aeropuerto de El Altet y vuelve a Alemania. Ha sido solo un loco amor de verano. De los que duran lo que duran las vacaciones. Dejan un grato recuerdo, si lo haces bien y nadie sufre.

En aquel momento bajaron un grupo de ruidosos turistas cargados con maletas y llenaron la pequeña recepción. Alpha se despidió con un gesto que indicaba que otro día retomarían la conversación.

Paseaba por la orilla de la playa y se estaba arrepintiendo de no haberse puesto un pantalón corto y poder mojarse los pies. Lo vio cerca de la orilla. Había adoptado la posición de loto. Permanecía sentado, espalda recta, piernas cruzadas con los pies encima del muslo opuesto, hombros relajados y las manos apoyadas a la altura de las rodillas con las palmas mirando al cielo. Sus ojos permanecían cerrados y no sabría calcular su edad porque una barba larga le tapaba gran parte de la cara. Era el segundo día que lo veía. Supuso que sería un amante del yoga o de esas cosas orientales que ella desconocía totalmente. Le llamaba la atención la sensación de aislamiento que transmitía. Estaba segura de que si en ese momento se ponía a llover lo haría en todas partes menos en el metro y medio que lo rodeaba. Alpha pensó que seguro que estaba dentro de una cúpula trasparente que era invisible a la vista.

Siguió adelante. Sería mejor que algunos pensamientos no los compartiese con nadie o acabaría con una camisa de fuerza y medicada hasta las cejas. Siguió caminando hasta el final de la playa y comenzaba el regreso cuando empezó a producirse el desembarco de las familias de turistas. Felices, armados de sombrillas, flotadores, sillas y mesas plegables y neveras azules y naranjas iban tomando posesión de un trozo de arena para todo el día.

Alpha decidió abandonarla y regresar caminando por el paseo marítimo donde camareros de todas las nacionalidades se afanaban en colocar las terrazas. Pronto, un día más, bailarían el tango de la cerveza fresquita, los platitos de calamares o puntillitas y la paella para guiris.

Eran las once horas y sus pasos la condujeron a la Librería Internacional. Antes de entrar se entretuvo metiendo las manos hasta las muñecas en la fuente circular de la placita. Hacía mucho calor y el día venía dispuesto a batir el récord de temperatura. Calculó que debía faltar media hora para que el sol diera de lleno en las vidrieras Art – Decó del escaparate y convirtiese el interior en un caleidoscopio de colores.

Hizo sonar la campanita de entrada y como no vio a doña Genoveva se dirigió hacia el fondo. Escuchó un par de toses apagadas antes de ver descorrerse la cortina negra. Le pareció aún más bajita y frágil. Una toquilla cubría sus hombros.

— ¡Niña! ¡Qué placer para estos ojos volver a verte!

— ¿Cómo está, doña Genoveva?

Volvió a toser un par de veces.

— Aquí, con un catarro nuevo. Cuando uno llega a mi edad solo estrena enfermedades nuevas ¿Ya empezaste tu cuaderno de viajera?

— Ya lo creo. Lo pongo a trabajar cada día.

— Niña, te noto cambiada respecto al otro día. Intuyo que algo te ha pasado o algo especial has vivido.

— Debo de ser trasparente. Hasta ahora pensaba que la única que sabía leerme era mi madre.

— Los años, criatura, los años. Aunque algunos lo llaman experiencia. No te pido que me lo cuentes porque las cosas importantes que nos pasan, hay que medir muy bien si queremos contarlas y a quien. Eso es lo que mi nieta no entiende. Bueno, eso y muchas otras cosas. Ella expone su vida, sean cosas importantes o superfluas a más de 1100 amiguitos que tiene en las redes sociales y de los que no conoce a más de tres o cuatro. Yo me pregunto: ¿para qué? ¡Qué les importa a unos perfectos desconocidos lo que yo haga, piense o sienta! La pobre vive angustiada contando los clics de "me gusta". Solo es feliz si todos los que no la conocen le dicen que es superguay. Superguay debe ser como ahora se llama a las tontas de capirote. Perdona, que me he ido por las ramas.

— Pues sí, algo me ha pasado y la verdad es que se abría un camino muy bonito e ilusionante, pero hay una piedra en el camino. Usted sabe que cuando entra una piedrecita en el zapato es muy doloroso y no se puede caminar.

— ¡Que graciosa! ya hablas como yo. Esas piedrecitas son las que nos sirven para construirnos. De todas maneras, lo dijo como nadie Machado:

Caminante no hay camino,

se hace camino al andar.

Al andar se hace camino

y al volver la vista atrás,

se ve la senda que nunca,

se ha de volver a pisar.

— Desde la primera vez que entré en la librería me fijé en la hélice de avión que está frente a la entrada.

— Esa hélice por la que preguntas está desde el día de la inauguración. Se la regaló a mi abuela Genoveva una mujer parisina muy interesante. Corrían los últimos años del siglo XIX y Elise Léontine Deroche, que así se llamaba realmente, era una joven que quería triunfar en el mundo del espectáculo y aconsejada por su mánager pasó a llamarse Raymonde Laroche. Era la época en que la aviación estaba en sus comienzos y Raymonde, que conducía su propio coche, se interesó tanto por los vuelos que consiguió la primera licencia de piloto de avión de la historia. En algún momento de la vida, mi abuela y ella se cruzaron en el camino. Las dos mujeres, ambas de carácter fuerte, se hicieron amigas íntimas y Elise le envió esa hélice de madera que por detrás lleva una chapa con la siguiente inscripción:

"Para Doña Genoveva do Santos. Una mujer de altos vuelos con los pies en la tierra. En el cielo nos encontraremos".

La amistad parece que duró hasta su muerte en julio de 1919 con 32 años, mientras probaba un prototipo de avión que no pilotaba. En aquella época los pilotos eran de vida breve. Lo mismo le pasó a Antoine de Saint – Exupéry y que todo el mundo conoce por haber escrito "El principito". Fue un aviador pionero y gran enamorado de las estrellas y tuvo que morir estrellándose en el mar. Perdona el chascarrillo. Niña, todo está en los libros y cuando los leemos los hacemos felices a ellos y a nosotros, se nos pegan en el corazón.

— Podría pasarme meses escuchándola.

— No cariño. Yo solo soy el pasado y ocupo mi sitio, pero tú debes vivir el presente y el futuro. Quizá no te das cuenta lo suficiente, pero tienes por delante "toda la vida" ¿Puede haber algo más apasionante?

Doña Genoveva volvió a toser. Alpha la notó cansada.

— Doña Genoveva si se cansa lo dejamos.
— No cariño. Vamos a la trastienda, nos sentamos y te termino de contar la historia.
— ¿Ha ido al médico?
— No, pero enseguida vendrá Julián. Es mi médico y amigo de toda la vida. Me regañará y me recetará un antibiótico nuevo para viejas como yo, que se llama jubilación. Como todos mis amigos, es una persona encantadora que receta a los demás lo que no quiere para él. Si lo ves, no se lo digas, pero se comenta que ya recetaba Aspirinas en el siglo IX cuando Alicante estaba bajo la dominación musulmana. Genoveva se rio ante la broma tantas veces usada, provocando otro acceso de tos.

En aquel momento sonó la campanilla.

— Genoveva, soy Julián, no te muevas que conozco el camino.
— Bueno, doña Genoveva, la dejo acompañada por su amigo y cuídese y haga caso al doctor. Mañana pasaré a ver si está mejor.

Alpha le dio dos besos y le acarició la mano. Al pasar la cortina que la separaba de la tienda se cruzó con un anciano de melena larga y blanca como la leche y perilla de chivo. Se apoyaba en un bastón mientras sujetaba un sombrero en la otra mano. Se saludaron cortésmente con un buenos días y Alpha pensó para sí que "a tal señora, tal amigo". Echó un último vistazo a la hélice e hizo sonar la campana.

Una siesta reparadora después de comer en la Cafetería Florida la había dejado lista para vivir otra larga tarde-noche veraniega. Hacía demasiado calor para visitar la ciudad y decidió refugiarse en la Biblioteca Provincial que estaba bien acondicionada. En su cabeza todavía resonaban las palabras de doña Genoveva sobre los inicios de la aviación y le entró curiosidad de saber algo más sobre la mujer que había enviado aquella hélice con dedicatoria hace un siglo.

Dos libros sobre la historia de la aviación y "Crónicas de la aviación" de la editorial Plaza y Janés le sirvieron para saber más. Encontró una crónica periodística de 1910 en que se hacía referencia a nuestra protagonista histórica.

"Elise Deroche muy conocida socialmente por su talento como retratista, escultora, actriz y piloto de automóviles ha causado la admiración de los aviadores y periodistas durante su vuelo de prueba".

La crónica aprovechaba para indicar que como aviadora era conocida como la Baronesa Raymonde Larroche y aquel 8 de marzo de 1910 había obtenido la licencia de piloto N° 36 a los 24 años convirtiéndose en la primera mujer piloto de la historia.

Alpha vio que solo habían pasado 7 años desde que los hermanos Wright, a los mandos del prototipo Flyer, construido de listones recubiertos de muselina, una hélice de madera de fresno y un ligero motor de gasolina, habían conseguido despegar, volar y aterrizar doce metros después. Ese mismo día, en un tercer intento, el avión voló durante 59 segundos y recorrió 259 metros. Raymon Larroche ostentó durante un tiempo el récord de distancia con 323 kilómetros y el de altura con 4800 metros.

Aprovechó que el bibliotecario abandonó su puesto para ir al almacén por algún libro, para sacar un par de fotocopias de la vida de aquella mujer que la tenía impresionada. En la facultad había aprendido que, a veces, si el motivo es bueno, lo mejor es no pedir permiso y si te pillan siempre puedes jugar la baza del "lo siento, no lo sabía". Mañana se las llevaría a Doña Genoveva porque aparecían varias fotografías de la aviadora a los mandos de aquellos aviones y de su propio coche. También aparecía en un sello filatélico de la edición francesa de octubre de 2010 en el que se la homenajeaba y aparecía pilotando un avión hecho de listones de madera y alambres, por valor de 0´58€.

Se le ocurrió una idea ¿y si encontrase ese sello y se lo regalase a Doña Genoveva? Había pasado varias veces por delante de una tienda de Filatelia y Numismática en la plaza Gabriel Miró. Estaba muy cerca de la biblioteca y decidió ir y preguntar. Sabía que sería muy difícil, pero, al fin y al cabo, aquel viaje estaba lleno de casualidades. Si algo estaba aprendiendo era que solo hace falta darle cuerda al molino. Cuando las aspas se ponían a girar, el aire se empezaba a mover y las cosas ocurrían.

— Buenas tardes.

Alpha había entrado en la tienda con la fotocopia del sello por delante.

— Buenas tardes ¿la puedo ayudar en algo?
— Espero que sí. Puede ayudarme y hacerme feliz si por casualidad tuviese este sello.

Alpha apoyó la fotocopia en blanco y negro en el mostrador. El hombre, muy profesional, cogió la lupa y leyó todo el sello con cuidado.

— Por lo que sé, corresponde con una edición francesa de 2010 dedicada a los inicios de la aviación y Elise Deroche, que es como aparece en el sello, fue la primera mujer piloto en Francia.
— Bien, buscaremos en la temática aviación. Se imprimen tantos sellos en el mundo que es imposible tenerlos todos. Si está lo encontraremos. Además, parece que es importante para usted.
— Si, por favor. Si no lo tiene usted seguro que tendrá contactos en Madrid o Barcelona y me lo pueden mandar por SEUR. Yo correría con los gastos.

Se metió en el almacén y volvió con dos cajas grandes rellenas de cartulinas donde se exponían ediciones de sellos, una detrás de otra.

— Hay otras dos en el almacén, pero estas son las más recientes con la temática aviación. Esto hay que hacerlo por el sistema de toda la vida. Mirando cartulina a cartulina. Usted empiece por una caja y yo por la otra y confiemos en que aparezca.

Veinte minutos después y cientos de cartulinas revisadas sello por sello empezaron a producir en Alpha efectos psicotrópicos. Aquellos pequeños aviones despegaban del papel y volaban a su alrededor haciendo maniobras acrobáticas, looping, vuelos invertidos, clavadas verticales… Alpha cerró los ojos y exhaló el aire en forma de suspiro.

— Es cansado. ¿Verdad?
— Tantas fotos de aviones seguidas… Ya los estaba viendo despegar.
— ¡Alto! Creo que ya lo tenemos.

El dependiente extrajo una cartulina de la caja. Alpha, que lo había visto en color en la biblioteca, lo reconoció al instante y lanzó un grito de alegría.

— Vaya, sí que debe ser importante para usted.
— No es por el sello, es por la historia que esconde detrás. Es un regalo para una persona que sé que sabrá valorarlo y la hará feliz. Le aseguro que no acabará pegado en un sobre. En todo caso puede que acabe pegado en un trocito de historia. Es como usted, hasta hace media hora no lo conocía y ya forma parte de un pequeño trozo de mi vida. El molino sigue moviendo las aspas.

El empleado puso cara de estupefacción.

— No me haga caso, pero como diría mi madre: ¡Me encanta que los planes salgan bien!

Aquella noche en el hotel se afanó en preparar un paquetito que contenía un sobrecito de cartulina dura que le habían dado en la tienda y una dedicatoria que decía: "A Doña Genoveva por ser como es. Dos besos. Alpha". Cogió el libro ¡Estás pecando, Señor!, miró el reloj y calculó que lo terminaría antes de las dos de la madrugada.

11.   No estoy de acuerdo

El sol entraba por la ventana ligeramente abierta invadiendo la habitación. Aquella mañana, nada más abrir los ojos, tuvo un presentimiento que la hizo coger la sábana que había tirado al suelo durante la noche y cubrirse con ella, haciéndose un ovillo. Ese sentimiento lo había tenido tres o cuatro veces más en su vida y siempre había sido el preludio de alguna mala noticia.

Aquella mañana le costó más levantarse, pero el ver el regalo que había preparado el día anterior encima de su cuaderno de viaje, la animó a ello.

Una ducha rápida, un pantalón corto, una blusa blanca que traslucía el bikini y un frugal desayuno en la cafetería encaminaron sus pasos hacia la Librería Internacional. Aquel día la playa tendría que esperar. Quería ver la reacción de Doña Genoveva cuando le regalase aquel sello que estaba tan relacionado con la vida de su abuela y con aquella librería.

Cuando llegó a la pequeña placita vio la fuente y a un señor vestido de negro que acababa de pegar un cartel en la puerta de entrada. Alpha leyó:

"Doña Genoveva Barbosa López falleció a los 80 años de edad después de recibir los santos sacramentos. La familia recibe hoy de 12 a 22 horas en el Tanatorio la Santa Faz, Sala nº3. La familia les ruega una oración por su alma"

Alpha era un mar de lágrimas. Se sentó en el suelo al lado de la puerta y lloró desconsoladamente. Un rato más tarde decidió volver al hotel. Marta la vio entrar y con verle la cara supo que algo no iba bien. Rápidamente le extendió la llave de su habitación.

Alpha se atrincheró en su habitación. Estaba cabreada y furiosa. Era la primera vez que se tenía que enfrentar a la pérdida de una persona ¿La vida no podía haberle regalado un día más y haberle permitido a ella darle quizá una última alegría? La muerte no era justa. Ella no estaba de acuerdo. Las cosas deben hacerse bien y ayer no tocaba. Sabía que estaba divagando, pero no tenía ninguna necesidad ni ningún deseo de ser racional. A la mierda los razonamientos de que la muerte es lo que da sentido a la vida o de que algo tiene que morir para que la vida continúe. La muerte era maleducada, inoportuna y traidora ¡La muerte no era justa y punto!

Sentada en la cama, la espalda apoyada contra la cabecera, abrazando una almohada, intentó poner la mente en blanco.

Sonó el teléfono de la habitación y descolgó.

— Soy Marta, si necesitas algo llámame, cuelgo.

Alpha, más tranquila, se levantó y buscó el regalo en el bolso de la playa que había arrojado a una esquina de la habitación. Lo desenvolvió y las lágrimas volvieron a sus ojos. Cogió el cuaderno de viaje y como encabezamiento de la página puso "No estoy de acuerdo". Después pegó el sello que ya formaba parte de aquel viaje. Empezó a escribir sentimientos que fluían con agilidad, teniendo que secarse las lágrimas antes de que humedeciesen las páginas.

Pensó que no podía contarle a nadie lo que sentía. Nadie conocido hubiese entendido lo que estaba sintiendo y, además, seguramente que ninguno hubiese tenido el tiempo suficiente para escucharla. Sus amistades estaban acostumbradas a recibir mensajes de una o dos frases y ni el sentimiento más pequeño cabe en ese espacio.

Alpha se dio cuenta que la comunicación actual estaba hecha para circular datos, hechos, imágenes, pero no sentimientos. Claro que para generar sentimientos hace falta tiempo y la inmediatez nos lleva a estar recibiendo y enviando mensajes como si fueran disparos. Uno detrás de otro y a tal velocidad que no se puede apartar uno concreto porque los que vienen detrás lo aplastan y desaparece en el tumulto de información.

Alpha comprendió porqué tanto su madre como Doña Genoveva le habían dicho que hay que pensarse mucho qué se cuenta y a quién. Esto lo tendría muy presente al terminar el viaje.

Buscó en su maleta. Un pantalón y una camisa vaquera oscura tendrían que valer como signo de respeto. Cogió el autobús que en quince minutos la dejó en la puerta del Tanatorio.

Lo primero que llamó su atención fue un coche oficial Audi de alta gama, aparcado en la misma puerta del Tanatorio y cuyo chofer mataba el tiempo de espera fumando un cigarrillo. Nada más cruzar la puerta se sintió observada por dos hombres trajeados con gafas de sol iguales. Alpha pensó que estaban vestidos más para publicitar que protegían a alguien importante, que para hacer bien su trabajo. A unos metros, un grupo de personas se arremolinaban alrededor de una persona que escribía en el libro de firmas. Alpha desconocía quien sería y se fijó en una adolescente de unos dieciséis años que se había aislado en un sofá. Unos cascos en las orejas y que no acababa de mirar la pantalla del móvil mientras movía los labios, le indicó que seguramente estuviese manteniendo una conversación con mensajes de voz. Alpha pensó que podía ser la que Doña Genoveva había descrito como su nieta tonta y para la que en principio estaba destinado su cuaderno de viaje. Un minuto después, satisfecho de sí mismo y acompañado del grupo de aduladores que lo rodeaban abandonó el local.

Alpha tenía claro que no quería acercarse donde descansaba Doña Genoveva y se sentó frente al libro de firmas.

"A Doña Genoveva Barbosa, querida y destacada ciudadana de nuestra ciudad. En representación, como alcalde, de todo el Consistorio es mi deseo trasladar las condolencias a sus familiares y amigos más allegados".

A continuación, venía una firma tan grande como media página y en un último impulso de desborde egocéntrico, debajo de la firma dejaba bien claro que era él, el señor Alcalde. Alpha pensó que aquel personaje tan pagado de sí mismo seguramente no habría cruzado una sola palabra con la difunta y estaba convencida que no hubiese sido del agrado de Doña Genoveva. Se negó a aprovechar el resto de la hoja y pasó la página empezando una sin contaminar.

"Querida Doña Genoveva. No soy creyente, pero por si me equivoco, me gustaría que usted Doña Genoveva Barbosa, su abuela

Doña Genoveva do Santos y Doña Elise Léontine me esperasen juntas porque las cuatro tenemos unas cuantas conversaciones pendientes. Espero que el cielo sea un jardín de flores hechas con las páginas de sus niños que guardan risas, lágrimas y besos"

Alpha sintió una presencia a su lado que se inclinaba ligeramente sobre el libro de firmas. Firmó y le envió un beso. Al levantarse de la silla vio que era Don Julián, el amigo médico de Doña Genoveva.

— Disculpe señorita, usted debe ser Alpha. Soy Julián, amigo de Genoveva.

— Lo sé, ayer nos cruzamos.

— Disculpe, pero he leído lo que ha escrito y le pido que no esté triste. Genoveva no lo querría. Fue una mujer liviana que siempre supo pisar fuerte. Murió como vivió, haciendo siempre lo que quería, disfrutando de la vida y sin dejarse avasallar por ningún tipo de convencionalismos. Usted alegró algunos de sus últimos momentos. Le aseguro que no hay nada más bonito, que llegar al final sin ningún tipo de rencor y habiendo vivido siempre siendo honesto consigo mismo. Ella lo consiguió. Alégrese por ella.

Alpha, que luchaba para evitar que salieran las lágrimas de sus párpados, besó a aquel venerable anciano y sin poder decir una sola palabra, abandonó el tanatorio.

Volvió al hotel y se encerró en su habitación con su cuaderno de viajes. Allí volcó todos sus sentimientos, que no podía compartir con nadie. Por un lado, sintió que tendría que dar demasiadas explicaciones a otra persona para que la entendiese mínimamente, por muy buena voluntad que pusiera en ello. Por otro, tendría que gastar demasiada energía en sacar de su error los comentarios precipitados de la persona bien intencionada. Al final acabaría reuniendo unas palabras de consuelo y una sensación de mayor soledad. El único que podía entenderle, en su silencio, era aquel cuaderno de viaje que cada vez se iba convirtiendo un poco más en ella misma, minuto a minuto y fuera quien fuera.

Había tardado dos o tres días en desengancharse de lo que habían sido los pilares de su vida hasta entonces. Día a día, notaba que algo se iba desmoronando para volver a renacer. Se sentía diferente.

Pensó que estaba traicionando todo aquello que llenaba su existencia. Su querida amiga Susi, inseparables durante todo el día por teléfono, whatsapp, Facebook…Sus compañeros de la Universidad, con los que había compartido tantos apuntes y nervios como fiestas, los últimos años. Supuso que todo seguiría igual, pero todo lo veía muy lejano. Era ella la que estaba cambiando. No sabía si sería un salto al vacío, pero constantemente recibía sensaciones nuevas. Ahí fuera, detrás de aquellas paredes había una nueva vida, lo sentía así, como algo físico que crecía en su pecho.

— Espero que no sea un tumor.

12. El regalo

Desayunaba una horchata con fartons, que es un dulce típico de la comunidad valenciana. Aquel bollo alargado, blando y dulce absorbía la horchata de tal forma que había que tener cuidado de no mancharse al llevarlo a la boca. Estaba muy rico, pero como la horchata se toma fría pensó en pedir un cafecito que le calentase el estómago.

Pensó que dentro de dos días era el cumpleaños de su madre, así que el primer trabajo de aquella mañana era encontrar un regalo que dijera algo. Hacía unas horas que venía rumiando una idea. Su primer impulso fue acudir a El Corte Inglés. Un joven perfectamente vestido y afeitado se dirigió a ella en un exceso de atención al verla pararse a leer los carteles de los contenidos por plantas del edificio.

— ¿Puedo ayudarla en algo, señorita?
— Busco un molino.
— Seguro que podrá encontrar el que más le guste en la segunda planta. Sección menaje de cocina.
— Creo que no me entendió. Busco un molino. Uno de esos con los que se peleaba Don Quijote.

El joven puso cara de sorpresa.

— Por lo que veo en ese cartel, será mejor que vaya a la tercera planta. Sección Regalos, gracias por su atención.

Alpha sonrió mientras subía por la escalera mecánica. Eso se llama entrar por la puerta grande con un buen equívoco. Tercera planta, al fondo un cartel "Regalos". Se dirigió allí. Vio a una vendedora que la miraba. Acababan de abrir y había muy pocos clientes por los pasillos.

— ¿Puedo ayudarla en algo, señorita?

Estaba claro que era la frase obligada por la dirección para dirigirse a una cliente.

— Espero que sí. Busco un molino.
— Si me acompaña, por favor, le enseño donde tenemos tres o cuatro modelos diferentes.

Alpha se decepcionó nada más llegar. Uno era un aerogenerador moderno, otro representaba un molino hecho de pasta con las aspas fijas y el otro había que empujar las aspas con el dedo para que girasen. La empleada notó la decepción en su rostro e intentando satisfacerla le sugirió que, si el regalo era para alguien que le gustasen los molinos, quizá podría encontrar algo en la sección cuadros. Tanto los molinos, como los faros son motivos muy recurrentes en láminas. Alpha le agradeció la atención con que la había atendido y abandonó el edificio.

Sabía muy bien lo que buscaba. Quería un molino manchego, castellano, de los que había visitado en Campo de Criptana o de los que se trasformaban en gigantes para Don Quijote y cuyas aspas girasen haciéndolo cobrar vida. Las siguientes dos horas fue de decepción en decepción. Cada vez que no encontraba nada en una tienda de regalo, preguntaba al empleado por la que estuviera más próxima. De tienda en tienda había pateado toda la ciudad sin encontrar el regalo deseado. Empezaba a perder la esperanza. Una tira de la sandalia la estaba haciendo una rozadura y se planteaba la posibilidad de cambiar de regalo. El calor se estaba haciendo pegajoso y se refugió en una cafetería con aire acondicionado. Vio un cartel que anunciaba *"Horchata de chufa casera"*. Pidió una horchata pensando que, al estar fría, era más lógico tomarla ahora que para desayunar.

Se sentó en una mesa junto a uno de los ventanales. Estaba triste y un poco enfadada. Se iba a rendir rompiendo la máxima de que "una Villanova no desiste nunca". Un cartel al otro lado de la calle captó su atención. Rezaba, Almoneda Alacantí. Muchas veces había acompañado a su madre a mirar en tiendas de antigüedades. Así fue como aprendió el término Almoneda. Una luz de esperanza encendió su ilusión. Pagó y cruzó la calle.

El escaparate estaba ocupado por juguetes de hojalata, coches, camiones de bomberos y caballitos balancines de diversos tamaños que debieron inspirar los sueños de muchos niños hace décadas. Entró y lo primero que cautivó su atención fue un sillón de mimbre, con respaldo en forma de concha, como en el que descansaba Silvia Kristel en la película Emmanuelle. Sombreros, bastones con empuñadura de plata, antiguos relojes de estación de dos caras, candiles de porcelana y metal y anteojos de teatro tenían su sitio aquí y allá. Alpha vio un hombre mayor que se levantaba de una silla al final de un pasillo.

— Buenos días.
— Buenos días. Busco un molino manchego con movimiento en las aspas. Créame que es usted mi última

esperanza y si no tiene algo así, tendré que darme por vencida.

— Algo tengo. Habrá que ver si es lo que buscas.

El hombre sacó del bolsillo un manojo de llaves y abrió una vitrina de donde sacó una pieza de 30 por 40 centímetros. Era precioso. Era de madera y estaba en muy buen estado. ¿Girarían las aspas?

— Tengo que decirte que, aunque la madera va cogiendo una cierta pátina no es una antigüedad. No tendrá más de 30 años. Se lo compré a un joven que lo trajo con otras tres o cuatro cosas y me pareció que necesitaba el dinero.

Como ves encima de la puerta del molino hay un pequeño reloj de agujas que funciona con una pila de botón escondida en la base. Esto en sí mismo es un anacronismo histórico y de localización. Por lo demás, está bien hecho en todos los detalles. Pulsando aquí se abre por la mitad y se ve el interior. Estos son los ocho ventanillos que usaba el molinero para saber de dónde venía el viento y orientar las aspas del molino para aprovecharlo. Esto se hacía moviendo este palo largo de madera que llega hasta el suelo y ayudándose con un torno. Las aspas hacen girar la Rueda Catalina que, a su vez, a través de la linterna lleva la fuerza al eje vertical. El eje al girar movía la piedra Volandera que estaba encima de la piedra Solera y se molía el grano, obteniéndose la harina.

— Vaya, es usted un experto en molinos.

— Mi padre fue molinero casi toda su vida y en cuanto tuve la fuerza suficiente le ayudaba a moler. Una molienda, para hacerla bien, necesita de dos personas. Era un trabajo duro. Lo que más te va a gustar es esto.

De un pequeño cajoncito que había pasado desapercibido para Alpha, extrajo una llavecita que insertó en la base del molino y le dio cuerda. Las aspas empezaron a girar y daba gusto verlo. Alpha se emocionó.

Aquel regalo era una alegoría de su viaje. El reloj era el paso del tiempo, dar cuerda era provocar situaciones, el movimiento de las aspas eran las cosas que suceden al provocarlas y el viento, el camino en el que ocurre todo.

— ¿Cuánto cuesta?
— 112 euros. Bueno, como me parece que lo vas a cuidar bien, lo dejamos en 100€.

Alpha pensó que otros 15€ le costaría enviarlo por SEUR. Total 115€. ¡Qué coño! era para su madre y además lo iba a pagar con su dinero. Sonrió. Tendría que tomar algunos helados menos, pero sus caderas se lo agradecerían.

— ¿Me lo puede envolver para regalo? Tiene que viajar muchos kilómetros.
— No te preocupes. Lo envolveré en papel de burbujas y te lo meteré en una caja que lo proteja.
— Mientras lo prepara, me acerco a una papelería para comprar una tarjeta de felicitación. Por cierto, aquí tiene su dinero.

Mientras elegía la felicitación se le ocurrió un plan maquiavélico. En la tarjeta solo pondría:

Feliz Cumpleaños.

Título del regalo: "Alegoría de mi viaje".

Besos.

Posdata: La llave para dar cuerda está oculta en un cajoncito de la base.

Alpha sabía que su madre no se podía resistir a un buen misterio. Se la imaginó delante del molino, dándole cuerda, viéndolo girar y preguntándose ¿Qué tienen que ver un reloj, un molino y una llave para darle cuerda? ¿Qué significaba "Alegoría de mi viaje"? La conocía, ¿podría contener la curiosidad o la llamaría saltándose todas sus reglas, con la excusa de agradecerle el regalo? Media hora más tarde dejaba el paquete en una oficina de SEUR para su entrega dentro de dos días, antes de las 10 horas.

Al salir se dio cuenta de que tenía hambre y que ya era la hora de comer. Antes pasaría por el hotel a cambiarse el calzado o acabaría con una buena ampolla.

— Hola Marta, ¿cómo estás?
— Bien, gracias. A ti te veo mejor. Has pasado un par de días que me tenías preocupada.

— Si, pero ya estoy bien. Voy a cambiarme las sandalias que estas me han hecho una rozadura y luego iré a comer ahí enfrente.

— A mí me queda media hora de trabajo.

— Cuando acabes si quieres pásate y comemos juntas.

— Vale, comeré un par de sándwiches que en casa no he dejado la comida hecha. Toma la llave.

Alpha aprovechó para refrescarse un poco y quitarse la sensación de calor que se pega a la piel debido a la cercanía del mar. Se quitó el vestido y lo sustituyó por una camiseta estampada, sus vaqueros ajustados y un apósito en la rozadura sujeto con unos calcetines cortos y unos botines con tacón de cuatro centímetros. Se sintió guapa y cómoda. Dejó la llave en recepción mientras se recogía la melena en una coleta alta.

— Voy cogiendo mesa. Te espero.

— Hasta ahora.

13.   Conociendo a Andrea

Antes de verla, oyó su risa. Junto a Marta había una chica joven y parecían estar pasándolo bien.

— Hola Alpha. Esta es Andrea. Lleva un par de días hospedada en el hostal. Está de vacaciones como tú.

Se besaron al presentarse.

— ¿Por qué no os vais a cenar juntas? Andrea, te aseguro que Alpha te puede poner al día de lo que hay en la ciudad. Lleva 10 días pateándose las calles.

— Por mí estupendo. Si quieres y no has quedado con nadie podemos hacernos compañía, solo me ha dado tiempo de ver el hostal y la playa.

Alpha pensó que sería agradable cenar teniendo una buena conversación y Andrea parecía una de esas personas que te hacen sentir a gusto, como si te conocieran de toda la vida y tú supieras hasta sus secretos más íntimos.

— ¿Quieres que vayamos enfrente?

— Donde tú suelas ir. Yo estoy recién aterrizada así que me vale cualquier sitio.

Tomaron asiento en una mesa de la terraza a la que se accedía al fondo de la cafetería y donde Luis José había instalado un sistema de nebulización que pulverizada agua sin mojar y reducía la temperatura creando un microclima. Un par de palmeras y un bananero junto a unas luces de colores indirectas contribuían a crear un ambiente muy mediterráneo. Luis José se acercó a su mesa con diligencia.

— Mi arma ¿Qué pasa hoy? ¿Sa roto el sielo y caen los angelitos de do en do?

— Luis José esta es Andrea. Tranquilo que yo le traduciré lo que dices.

— Este trabajo no dará dinero, pero de vez en cuando te trae dos bellezas que talegran el día.

— ¿Qué tienes para darnos de cenar?

— De menú, na. A esta hora san comío tó. Pero tengo un bonito vasco, digo vasco porque es del norte. Me lan traío de la lonja, se ma quedao mirando, ojú, de fresco questaba creía que miba a guiñar un ojo. Os lo hago a la plancha con un zofrito dajos por encima.

Sin esperar la conformidad de las comensales se dio media vuelta y empezó a dar órdenes en la cocina. Alpha y Andrea se miraron y se encogieron de hombros.

— Al final siempre trae lo que quiere, pero tranquila, todo está bueno. Además, para mí que tiene una tarifa para los habituales y otra para los turistas porque está genial de precio.

Andrea empezó a hablar mientras Alpha la observaba. Era rubia, nariz y orejas pequeñas y unas suaves pequitas no muy marcadas que le daban un aspecto gracioso. Todo parecía dispuesto para destacar aquellos labios marcados bajo dos grandes ojos verde azulados que al mirar parecían que hablaban. Alpha volvió a conectarse a la conversación.

> — … y ya quisiera tener yo tus formas. Una vez me corté el pelo muy cortito, como un chico y si me ponía un jersey amplio, todo el mundo me confundía con uno. Así que me tuve que dejar esta melena corta y usar siempre camisetas muy ajustadas para que se marque algo y al menos se lo pregunten dos veces y echen otro vistazo antes de meter la pata.
>
> — Que exagerada, si eres guapísima.
>
> — Si ya, por mis ojos. También hay gatos de ojos verdes y son machos.
>
> — Vamos que preferirías estar gorda y con michelines, pasarte la vida haciendo régimen y sentir la eterna insatisfacción de no encontrar talla en las tiendas de moda.
>
> — Ahora exageras tú. ¿Te imaginas tu melena morena y mis ojos verdes? Y el resto, también mejor tus formas. Vamos que yo quiero ser como tú.

Hizo pucheros y rieron las dos. Luis José les puso delante un par de platitos, uno con taquitos de cazón en adobo y otro de chopitos con unos gajos de limón.

> — Ir saciando el hambre con esto que el cocinero iba a despiezar el bonito y dice quel bicho le habla. Vamos que dice, como el célebre torero Guerrita, "lo que no puee zer, no puede zer y además ez imposible" ¡Virgen del Rocío! A ver cómo le explico yo quel bicho no respira.

— Como ves a este hombre hay que ponerle subtítulos para entenderlo.

— ¿Podríamos llamar a Marta por si quiere venir cuando termine de trabajar? — dijo Alpha.

— Que buena idea, es majísima.

— Pues si me perdonas, cruzo la calle y se lo digo. No tengo teléfono.

— La llamo yo ¿Se te ha roto o te lo han robado?

— No, es una regla de este viaje y una larga historia que ya te contaré.

Andrea empezó a reírse mientras sonaba la llamada. Al otro lado descolgó Marta.

— Buenas noches. Hostal García ¿en qué puedo servirle?

— Marta cielo, soy Andrea. Que dice Alpha que para ella eres como una puerta, solo te ve al salir y al entrar y que si cuando acabes te vienes con nosotras y nos vamos de fiesta.

— ¡Marta, yo no he dicho nada de eso!

Marta vio que se estaban divirtiendo.

— Venga, en poco más de media hora me paso. Mañana libro en el trabajo.

— Andrea, mira que llamarla puerta.

— Nos lo vamos a pasar chupi.

Media hora más tarde Marta hacía su entrada triunfal en la cafetería. La vieron atravesar el local arrastrando la mirada de varios de los clientes a su paso. Se había soltado el moño y su melena al viento, la blusa que parecía haber perdido un par de botones y el hecho de que su sujetador viajase en el interior de su bolso sobre el que reposaba la chaqueta del uniforme, formaban un conjunto digno de admirar.

— Caramba Marta, lo que cambias con unos toquecitos de maquillaje.
— Ya sabéis que todas las mujeres tenemos encantos ocultos.

Hubo besos para todas.

— Bueno pecadoras, donde habéis pensado llevarme. Creo que debo ser la mayor de las tres. -- dijo Marta.

Andrea se adelantó.

— Este momento hay que inmortalizarlo. Luis José porfa, ¿puedes sacarnos unas fotos?
— Mamma mía. Si Rubens se levantara de la tumba se moría de envidia. Yo, inmortalizando *Las tres Gracias del siglo XXI.*
— Venga chicas, juntémonos y poned morritos. Saca otra. Gracias Luis José. Ahora en desagravio por los dos años que me van a aguantar los italianos, tráenos unos chupitos de Limoncello en vasitos muy fríos. Los italianos dicen que es un licor digestivo, pero os aseguro que si te tomas cuatro o cinco te puedes coger una tajada descomunal.

Alpha se preguntó cómo Andrea podía tener tanta energía y dijo:

— ¿Y qué haces tú por Italia?

— Estoy investigando en la Universidad de Brescia sobre los componentes químicos del vino. Presenté un proyecto de investigación a la Unión Europea y me dieron una beca para dos años con una bolsa de dinero que me cubre poder vivir bastante bien ese tiempo. Era eso o languidecer en España donde investigar te cuesta dinero.

Tanto Alpha como Marta se quedaron sorprendidas. Andrea transmitía la imagen de haber terminado hacía poco de jugar con las muñecas. Estaba claro que detrás de ese aspecto aniñado había una cabeza bien amueblada.

— Bueno chicas, ¿dónde vamos a ir a mover estos cuerpos?
— Donde diga Marta. Yo todavía no he pisado una discoteca.
— ¿Queréis bailar hasta que salga el sol?
— Síííí…
— ¿Os gustan los ritmos latinos?
— Síííí… -- dijeron las dos a coro.
— Pues cogemos el coche y nos vamos a Tropical House en Benidorm. Ahí, vais a tener calor de piel y sabrosura hasta hartaros.

Andrea se había venido arriba y casi gritó:

— ¡Benidorm, prepárate que va a haber una epidemia de corazones rotos!

Se colocó las gafas de sol y encabezó el paseíllo hacia la puerta de salida. Al cuarto paso tropezó con la pata de una silla y a punto estuvo de comerse la esquina de una mesa. Luis José acudió con presteza y preocupación.

— Luis José, felicita de mi parte al equipo de limpieza del local. Acabo de comprobar en primera persona lo limpito que está el suelo.

Alpha no se lo podía creer. Que rápida era. Había encontrado en décimas de segundo la única frase posible para salir de allí con entereza y dignidad.

14. El despertar

Escuchó el petardeo del tubo de escape roto de una moto. Unos tacones bajando una escalera, una madre gritándole a su niña para que tuviera cuidado al cruzar y la bocina de un coche. Abrió un ojo y una extrema sensibilidad a la luz le hizo cerrarlo inmediatamente. Palpó encima de la mesilla hasta que encontró las gafas de sol y se las puso. Poco a poco fue reuniendo fuerzas para mirar el reloj. Eran casi las seis de la tarde. Había dormido nueve horas de un tirón y eso explicaba la necesidad urgente de eliminar los restos del alcohol que había ingerido.

Abrió el grifo de la ducha y lo fijó en 24 grados. Entonces fue cuando se dio cuenta que estaba desnuda. Se conoce que no tuvo ganas de ponerse el pijama con el que dormía cada noche. Se metió en la ducha y dejó que el agua reactivase todas las células de su cuerpo. Empezó a recordar la noche pasada. Aquel jardín de la discoteca llena de palmeras y focos de luz que cambiaban de colores, sofás de mimbre por todas partes, parejas besándose, risas, fiesta, alcohol, música… y estar bailando salsa, bachata, samba, mambo. Sabía que había estado bailando hasta que ya hacía tiempo que había salido el sol. No sabía si lo había hecho bien o había estado haciendo el ridículo, pero pensó que aquella noche había quemado todas las toxinas acumuladas durante la carrera en la Uni ¡Qué diferente era todo! No sabía si era el mar, el sol, las vacaciones, pero la vida aquí era más alegre, se disfrutaba más, todo parecía estar cargado de una sensualidad a la que ella no estaba acostumbrada. Empezaba a entender por qué en los últimos días, mucha gente le había dicho que habían venido de vacaciones y se había quedado a vivir toda la vida.

Mientras se secaba frente al espejo se acordó de Washington, el negro puertorriqueño que con su metro noventa y cinco le enseñó todos los pasos de los distintos ritmos ¡Qué pedazo de hombre más agradable! La verdad era que el volumen de la música no ayudaba mucho a entablar conversación en la pista de baile. Solo recordaba de él su nombre, porque le chocó al llamarse como la capital de los Estados Unidos y el que fuera de Puerto Rico lo que, tal vez, explicaba su nombre.

Decidió que aquel resto de la tarde lo emplearía para hacer una visita al Castillo de Santa Bárbara de Alicante, que es el emblema imprescindible en todas las visitas turísticas sobre la ciudad. Recordó que cuando le dijeron que se podía subir en ascensor pensó que sería un funicular, pero no. Ahí estaba, un largo túnel iluminado adentrándose en el interior de la montaña y un ascensor que te lleva del nivel del mar frente a la playa del Postiguet hasta el mismísimo castillo.

Alpha se sentó en su punta más elevada, junto a "la torreta". A sus pies tenía la ciudad y todo el Mediterráneo. La luz que se reflejaba en aquel mar era especial. Era la luz de los cuadros de Sorolla. Sacó del bolso un par de sándwich que había comprado en una cafetería y los fue mordiendo despacio mientras dejaba que el sol le diera en la cara. Era la primera comida que hacía en el día. El sol iba perdiendo fuerza y altura sobre el horizonte y los temas blancos y amarillos se iban mezclando con los naranjas.

Alpha pensó que aquel instante tenía que acercarse mucho a lo que llaman "felicidad". Casi sentía un poco de pudor. Aquel era el día número 13 del viaje y le parecía que la vida era diferente. Seguramente la vida era la misma pero la que era diferente era ella. Estaba aprendiendo a vivir a flor de piel. Tenía una extraña sensación que ella misma no conseguía analizar o expresar en razonamientos lógicos. Era como si hasta entonces su vida hubiese sido un flujo que naciendo de las vísceras de su interior, saliera al exterior a través de su piel. Aquellos últimos días, sin embargo, el flujo entraba por su epidermis y la llenaba. Para ella era algo nuevo, sorprendente y enriquecedor en su propia sencillez. Como iba a explicar algo que ni ella misma sabía poner en palabras y entender. Lo que sí tenía claro es que eso le gustaba y le estaba haciendo pasar unos días que recordaría siempre. Dónde le llevaría esto, qué alcance tendría en el resto de su vida, no tenía ninguna importancia en ese momento. Mientras que ese sol que empezaba a dar gestos de cansancio, dejando los naranjas y rosas adueñarse del cielo, volviera a salir al día siguiente, solo quería vivir el presente.

En aquel momento se dio cuenta que esa podía ser la explicación de lo que estaba sintiendo. Toda su vida la había pasado pensando en el futuro y en aquel viaje había descubierto el presente. El futuro no existía, solo existía el presente, el hoy, el ahora, el instante. Cuando llegue el futuro, ya será presente. Sin darse cuenta, la gran diferencia de estos días no era más que eso. Estaba viviendo cada minuto, saboreándolo, dejándolo marcar su ritmo, mirándolo despacio, con cariño, usándolo para quererse y para querer, sin meterle prisas, ni metas, ni obligaciones, ni compromisos. Esto era vivir, ¡y que bonita era la vida!

— Señorita, disculpe. El castillo va a cerrar y tendrá que darse prisa si quiere coger alguno de los últimos viajes del ascensor.

— Gracias, agente. Me había quedado ensimismada.

— La comprendo, señorita. Créame que no es la primera persona.

15.   Olga y la Alegoría

— Buenos días, Manuel.

— Buenos días, señora Villanova. En su ausencia he recepcionado un paquete para usted que tengo en la conserjería. Si le parece se lo subo en un momento.

— Gracias, Manuel. Usted siempre tan atento.

En cuanto tuvo el paquete en sus manos vio que lo remitía Alpha. Lo desenvolvió con cuidado. Era bonito. Un molino y una tarjeta: *Feliz cumpleaños, mamá. Título del regalo: Alegoría de mi viaje. Besos.*

Olga localizó el cajón que escondía la llave y dio cuerda al molino. Las aspas empezaron a girar y le pareció un regalo bonito. ¿Qué ponía? ¿Alegoría de mi viaje? Sabía que una alegoría es una cosa que tiene un significado simbólico. Pero qué simbolismo podía tener una llave, un molino y un reloj. Olga rebuscó entre los papeles del regalo por si había alguna carta escrita o alguna pequeña nota que resolviera el misterio. Volvió a dar cuerda al molino y pensó que sería mejor que se cambiase de ropa porque pronto llegaría Arturo. Era noche de teatro y cena para celebrar su cumpleaños.

Sonó el timbre de la puerta. Olga se apresuró en abrir.

— Pasa, amor.

— ¿Seguro?

— Sí, tonto, estoy sola.

— Ya me extrañaba a mí. Algún día voy a pensar que tienes un amante metido en casa o que te avergüenzas de mí y no quieres que tus hijos me conozcan.

— No seas tonto. Ya lo hemos hablado alguna vez. Es tan bonito lo que tenemos que para qué cambiar nada.

— Felicidades, amor. ¿Estás preparada? El teatro empieza en cuarenta y cinco minutos.

— Casi estoy. Mira que regalo me ha enviado Alpha. — Olga dio cuerda al molino.

— Si algo hay que reconocer a las Villanova es que tenéis buen gusto.

— Con el regalo venía esta tarjeta, dice: *Alegoría de mi viaje.* ¿Qué tendrá que ver un molino con un viaje si está en la playa? No lo entiendo. Llevo un rato preguntándome a qué se refiere. Anda que le costaba haber escrito un poco más… Ni que tuviese que ahorrar en palabras.

Arturo sonreía viéndola moverse.

— Si fuera tu hijo pensaría que simplemente le ha gustado, pero viniendo de Alpha, que según tú es una Villanova de pura cepa, ¿no se te ha ocurrido pensar que lo haya hecho adrede?

Olga se paró en mitad del pasillo.

— Puñetera niña, eso lo ha hecho a conciencia para provocar mi reacción y que la llame saltándome mis propias reglas. ¡Será retorcida!

Olga descolgó el teléfono y marcó un número que se sabía de memoria.

— ¿La vas a llamar?

— Ahora verás…

— Hostal García, ¿En qué puedo atenderle?

— Soy Olga, la madre de Alpha que se hospeda en ese establecimiento.

— Ah, sí señora, creo que se encuentra en su habitación ¿Quiere que le pase la llamada?

— No, no. Dele un recado, por favor. "Muchas gracias, besos, tu madre".

— ¿Algo más?

— No, es suficiente. Ella lo entenderá.

Arturo suspiró pensando: "tal hija para tal madre".

— Si no salimos ya, llegaremos tarde al teatro.

— Cojo el bolso, amor.

Olga enmarcó una sonrisa.

16.   ¿Me cuentas un cuento?

Alguien llamó a la puerta de su habitación y Alpha abrió la puerta.

— Andrea, ¿ya te has levantado?

— Calla, calla, que me voy recomponiendo a trozos. Esta habitación es más grande que la mía y tiene cama de matrimonio, qué suerte.

— Acabo de llegar de hacerme una pequeña excursión al Castillo de Santa Bárbara y pensaba bajar a cenar algo.

— Vamos, porque yo no he hecho más que dormir todo el día.

— Luis José, por favor, ponnos dos cositas suavecitas que hoy estamos de restauración de excesos cometidos.

— Sus voy a poné dos tazitas de salmorejo que está palevantá un muerto y dos tortillitas de gambas y gulas calentitas hechas con el ingrediente secreto de la casa.

— ¿Qué ingrediente es?

— Muuuuucho cariño.

— Andrea, has picado. Ya lo irás conociendo. Mira que lo pasamos bien ayer.

— Tía, te quedaste con media discoteca. Empezaste en plan modosito, pero en cuanto se te acercó Washington te viniste arriba y ya te digo la que montasteis. Tenías a todas las habituales celosas por acaparar al chico, que es uno de los relaciones públicas de la disco. La verdad es que te dio un tratamiento vip superespecial.

— Yo no soy de bailar mucho así que seguramente hice el ridículo.

— ¿El ridículo? Tienes una facilidad para coger los pasos de cada ritmo increíble. Al final bailabas cualquier música, con cualquiera y además bien. Mira, te enseño fotos. En algunas sales movida porque no te estabas quieta ni para la foto.

— No me lo puedo creer. Si aparezco en casi todas. No me habían sacado tantas fotos en toda mi vida.

— No te digo que fuiste el alma de la fiesta…

— Si me hubiese visto la gente que me conoce, no me habrían reconocido. Normalmente soy muy parada.

— Yo quiero tener algunas de recuerdo, pero no tengo móvil así que si te parece mañana hacemos una selección y que me las impriman en papel.

— ¿Cómo es que no tienes móvil?

— Es una larga historia. Estoy haciendo un viaje de un mes a donde quiera y como quiera, pero con la condición de no tener ni usar ningún aparato electrónico ni comunicarme con mi familia y amigos salvo una vez por semana para dar señales de vida.

— Y esas normas tan absurdas, ¿por qué?

— Al principio a mí también me lo pareció, pero era eso o no había viaje. Ahora cada día voy entendiendo un poco más el sentido de esas reglas.

— Vamos a conocernos un poco más. Ya sabes, el currículum vitae. Empiezas tú si te parece y luego yo te cuento mi historia.

— Bien. Me llamo Alpha, 23 años y acabo de licenciarme en Ciencias Políticas y Sociales. Hablo bien tres idiomas y en el cuarto me defiendo. Hago deporte, aunque ninguno bien, pero es la única manera de tener mis caderas bajo control. Mis relaciones con los chicos no han sido gran cosa, pero las rupturas tampoco me han dejado muy tocada a parte de los primeros días. Así que supongo que sigo esperando a mi príncipe azul. Hija de padres divorciados que han sabido ser lo suficientemente inteligentes para que los hijos nos hayamos sentido queridos. Tengo un hermano pequeño, Mario, al que adoro, pero nunca se lo confesaré y con el que me meto continuamente. El gran referente en mi vida es mi madre, Olga. Una mujer de carácter fuerte, con convicciones sólidas que por mucho que soplen vientos huracanados que la intenten doblar, ella enseguida recupera la verticalidad. Mi padre, quince años después, sigue bajo los influjos de la crisis de los cuarenta y cuantos más años cumple las va eligiendo más jóvenes y supongo que busca en ellas la madurez de la que tenía en casa.

— Jolín, que capacidad de hacer esquemas tienes. Yo no sé si sabré resumirlo tan bien y tan completo. Antes de empezar yo, respóndeme a una pregunta. ¿Cuál es el recuerdo más bonito de tu infancia?

— Sin la menor duda, el momento antes de dormir cada noche. Creo que jamás me quejé porque me mandasen a dormir, aunque fuese en medio de una película de dibujos animados. Mi madre venía, se sentaba en mi cama y me contaba un cuento. A veces lo leía, pero como era todas las noches, supongo que los cuentos se acababan y se inventaba un cuento siempre diferente. Después me arropaba y me daba un beso.

— Jo, que envidia. Me toca a mí. Soy Andrea, 22 años, licenciada en Químicas y como os dije ayer, estoy investigando en Italia sobre un tema de Enología. Hablo francés e inglés y he estado estos dos meses pasados haciendo una inmersión lingüística de italiano porque en cuanto se pase esta semana de vacaciones me voy para Italia a ponerme hasta arriba de pasta. Mis padres murieron en un accidente de coche cuando yo tenía cuatro años. Desde entonces me cuidó mi tía Enriqueta, que era la hermana mayor de mi madre. Era y sigue siendo la eterna solterona aferrada a las estampitas de sus santos, en especial de San Judas Tadeo, "patrono de las causas imposibles", sobre todo desde que se enteró de mi inclinación sexual. Mi querida tía no tenía el más mínimo sentimiento maternal y aunque tampoco puedo tener quejas de ella, porque me alimentó y crió, no supo darme mucho cariño.

Con doce o trece años me di cuenta de que mi familia no era como la de las demás niñas y maduré de golpe. Hice la carrera a base de ganarme las becas por ser la estudiante con mejor expediente académico y aprobé los dos primeros años en uno. Con 16 o 17 años tenía claro que era lesbiana porque solo me gustan las mujeres y estoy harta de hombres que me intenten redimir. No estoy mal follada, solamente es que me gustan las mujeres. De hecho, a primeros de año marco en el calendario el día del desfile del orgullo gay porque llevo acudiendo los últimos cuatro años. Allí me siento libre y no tengo que dar explicaciones a nadie.

Siempre les pregunto a las personas cuál es el recuerdo más bonito de su infancia porque yo, por mucho que lo pienso, no tengo respuesta a esa pregunta.

— Jolín, qué sorpresa. Ayer cuando te vi, mi primera impresión fue que eras una cría y hay que ver lo que te han dado de sí veintidós años.

— Por cierto, Alpha. ¿Te supone algún problema mi inclinación sexual?

— A mí no ¿Te supone algún problema que yo solo haya estado con chicos?

— A mí tampoco. Así que llamemos a Luis José para que nos traiga el Limoncello que nos hemos puesto muy serias.

— Bien, pero hoy con uno me basta.

— Por cierto, me dijo Marta en la disco que hay una playa nudista en "Los Arenales del Sol". Se puede ir en autobús y luego caminando un poquito. Debe de haber dunas y pinos que nacen desde pocos metros de la orilla. Me dijo que Pérez Reverte en su libro *'Falcó'* hace alusión a este lugar. ¿Quieres que vayamos mañana cuando nos levantemos?

— Nunca he ido a una playa nudista, pero he hecho topless desde que yo recuerdo, así que solo serán unos pocos centímetros de tela menos.

— Yo voy siempre que puedo. Las marcas del bikini me parecen de lo más antiestético. Además, ahora el ambiente suele ser más familiar. Cuando se permitieron debía de haber muchos curiosos, pero ahora la sociedad ha cambiado y el desnudo se ve como una opción normal.

— Venga, mañana desayunamos y nos vamos. Además, Marta trabaja por la mañana así que ya nos dirá donde se coge el autobús y demás detalles. Tendremos que volver al hotel porque Luis José ya está recogiendo…

Nada más llegar a su habitación, Alpha se dio una ducha rápida para quitarse el calor del día. Se puso el pijama de camiseta de tirantes y pantalón corto y abrió el cuaderno de viaje.

Hay que darle todas las oportunidades al presente, pocas al futuro y menos al pasado.

El presente da una visión nueva a verbos infinitivos como vivir, sentir, amar, pensar. No tiene el mismo valor decir yo vivo, yo siento, yo amo, yo pienso, que decir yo viviré, yo sentiré, yo amaré, yo pensaré y mucho menos decir yo viví, yo sentí, yo amé, yo pensé.

El presente es la vida en estado puro, es lo que hay, lo que existe, es la realidad. El futuro es un ente abstracto, subjetivo, fácilmente manipulable por nosotros mismos o por circunstancias ajenas a nosotros. No es más que una posibilidad entre mil millones. El pasado bien usado no pasa de ser una escuela de aprendizaje mediante prueba y error.

Sintió como la adrenalina circulaba por su cuerpo cuando consiguió poner en palabras sus sentimientos. Sentía una sensación física agradable en todo su cuerpo, paralela a la excitación sexual.

Alguien llamó a la puerta. Alpha cerró el diario y lo guardó en el cajón de la mesilla. Abrió la puerta y allí estaba Andrea. En pijama y poniendo cara de niña traviesa dijo:

— No me puedo dormir ¿Me cuentas un cuento?

— Anda, pasa.

De un salto se subió a la cama.

— ¿Qué hacías?

— Escribía en mi cuaderno de viaje, pero ya seguiré mañana.

— ¿Te importa si esta noche dormimos juntas? Esta cama es grande y cabemos las dos y así podrías contarme un cuento de los que te contaba tu madre o uno que te inventes y, además, ya hemos dejado claro que a mí solo me gustan las que juegan en mí misma liga. Además, en mi vida ya me van contando muchos cuentos chinos y tengo derecho a que me cuenten uno para dormir.

— Vale, te cuento un cuento y a dormir, que tengo sueño.

El cuento se titula "El viejo soldado" y empieza como deben empezar todos los cuentos. Érase una vez, hace muchos años, un padre y su hijo estaban viendo la televisión y el niño se quedó dormido. El padre lo cogió en brazos del sofá y lo llevo a la cama.

Este era el momento en que se despertaba y antes de que pudiera taparlo le dijo:

- *Papá, cuéntame una historia.*
- *¿De qué quieres que sea hoy?*
- *No lo sé, pero quiero que el protagonista sea el abuelo.*
- *Bien. Este cuento irá del abuelo al que no llegaste a conocer. Te contaré algo que él vivió y eso te ayudará a saber algo más de su forma de ser. ¿Has oído hablar de la Guerra Civil Española?*
- *Sí, creo.*
- *Tu abuelo tenía 17 años cuando fue reclutado por el bando de los nacionales, que eran una parte de los que luchaban. Los otros eran el bando de los republicanos.*
- *¿El abuelo que era de los buenos o de los malos?*
- *En las guerras no hay buenos ni malos, ni vencedores ni vencidos. Al final todos han perdido algo por el camino. Déjame que siga, que la historia es un poco larga.*
- *Vale, me callo…*

"Había en un valle, atravesado por el afluente de un río, una pequeña colina en cuyas laderas solo crecía la hierba. En su parte más alta destacaban una pequeña ermita y un árbol.

Un día el teniente de la compañía ordenó que tu abuelo y otro soldado hiciesen guardia todos los días. Uno por el día y otro por la noche. Si había alguna incursión enemiga tenían que dar la alarma y defender con su vida, si fuera necesario, aquel lugar sagrado. Con el amanecer subía la colina llevando el fusil Mauser, el correaje, los cargadores con los peines llenos de balas que seguramente nunca llegaría a utilizar y la mochila donde iban la cantimplora y "el rancho", que era la comida del día. Al llegar arriba, su compañero le daba el "sin novedad, amigo".

Había conseguido saber que aquel árbol era un castaño. Los castaños suelen ser árboles de troncos gruesos y muchas ramas que forman una gran copa que puede llegar a medir más de 25 metros y vivir más de doscientos años. De hecho, era más alto que el campanario de la ermita. Solo había una campana y como la ermita permanecía cerrada, para oírla sonar a veces le lanzaba piedras.

Los días fueron pasando desde el amanecer hasta el atardecer. La rutina se instaló en su vida. Daba vueltas alrededor de la ermita. Pateaba con sus botas las piedras más grandes que había en los alrededores. Cuando el sol apretaba más, se refugiaba bajo la copa del castaño donde la temperatura era siempre menor.

Un día estaba sentado en el escalón que daba acceso a la ermita y su espalda se apoyaba en las puertas de roble macizo de 10 centímetros de grosor, que impedían la entrada. Sacó su bayoneta y pasó media mañana grabando un corazón, su nombre y el de su novia que después se convirtió en tu abuela.

Se acabó la guerra y el abuelo se casó con el amor de toda su vida. Me trajeron al mundo como tu madre y yo te hemos traído a ti.

Pasaron muchos años y un día, conocedor de que aquella enfermedad terminaría con su vida, me pidió que le llevase a aquella colina que jamás había vuelto a pisar.

Notó que la respiración de su hijo era lenta y acompasada. Supuso que estaba completamente dormido. No quiso mirarlo. Tenía que acabar de contar la historia, aunque solo la escuchara él.

Aquel camino empedrado había sido sustituido por una carretera estrecha pero asfaltada. Al llegar a la cima había un pequeño parking para media docena de coches y unos contenedores de basuras. El abuelo se bajó del coche con mi ayuda. Miró a su alrededor. Buscaba su castaño. A pesar de que pueden vivir más de 200 años, no quedaban ni restos de él. Era domingo y la ermita permanecía abierta. Supuse que se oficiaría una misa en breve.

Al pasar por el pórtico mi padre me paró y miró la puerta como si buscase algo. Era la primera vez que entraba. Le ayudé a sentarse en un banco y me dijo:

— Por favor, déjame unos minutos solo.

Salí de la ermita. Respeté que, pese a su mal estado de salud, aquel viejo soldado, necesitase tener unos momentos de introspección y recuerdos. Pasaron quince *minutos y seguía inmóvil. Me acerqué. Lo vi llorando, pero a la vez parecía feliz.*

— ¿Estás bien?

— Hijo, me he dado cuenta, que todo es efímero en la vida. No queda nada del castaño, ni del amor a tu madre que grabé a punta de bayoneta en la puerta. "Solo perdura la huella que dejamos en el corazón de las personas que queremos y que nos quieren".

El abuelo falleció pocos días después. Se volvió y miró a su hijo. Dormía plácidamente. Lo tapó bien para que no tuviese frío y abandonó su habitación. Ahora el que lloraba era él.

Alpha notó que la respiración de Andrea hacía varios minutos que era rítmica y pausada. La miró y vio que se había quedado dormida. Apartó un mechón de pelo de su cara y le dio un beso en la frente como hacía su madre.

17. La playa nudista

Alpha se despertó y notó la presencia de Andrea a su lado. Dormía boca abajo y uno de sus brazos le atravesaba el torso capturando uno de sus pechos con la mano. Alpha pensó que era agradable despertarse acompañada en la cama. Intentó recordar cuando habría sido la última vez que lo había vivido y tuvo que remontarse casi a la infancia. Quizá fue con alguna de sus primas después de alguna cena de Navidad o alguna compañera en aquellos dos campamentos de verano a los que fue para practicar inglés.

Alpha se movió imperceptiblemente, pero bastó para que Andrea se despertase, abriese un ojo y retirase la mano de su pecho.

— Buenos días, Andrea. ¿Has dormido bien?
— Es maravilloso abrir los ojos y ver una cara agradable.
— Debo de parecer la madrasta malvada de Cenicienta. Hasta que no me ducho es mejor no mirarme.
— Los cuentos solo por la noche. Te dejo, me vuelvo a mi habitación. ¿Quedamos dentro de una hora en recepción y nos vamos a la playa?
— *Okey...*

[***]

Se acababan de bajar del autobús climatizado que unía Alicante con la pedanía de los Arenales del Sol. A unos cincuenta metros vieron un cartel que ponía "Playa del Carabassi" y una flecha. Según les había dicho Marta está a continuación de la playa de los Arenales y es una playa nudista familiar de un kilómetro de larga y que con una anchura de 40 o 50 metros, continúa con dunas y pinares carrascos que ofrecen rincones más aislados a quienes buscan un poco de intimidad. Es una playa que cuenta con una bandera azul y es una de las mejor consideradas.

Una docena de coches ocupaban parte del aparcamiento que había al final del camino de tierra. La playa era tan larga y tan ancha que parecía que había poca gente. Desecharon la franja de arena cercana a la orilla y extendieron las toallas en la zona donde empezaban a levantarse las dunas.

Desnudarse les fue sencillo porque ambas habían elegido un pareo y un bikini, sandalias y un sombrero para protegerse de los rayos del sol en hora punta.

Alpha se fijó en un tatuaje que Andrea llevaba a la altura de los riñones.

— Es la primera vez que hago nudismo — se sentaron.
— ¿Cómo te sientes? — preguntó Andrea.
— Rara… libre… cómoda… contenta. Me acabo de quitar otro tabú.
— Muy bien, esa es la actitud. Tienes un cuerpo precioso y es tuyo, y aunque fuese un horror seguiría siendo tuyo. ¿Por qué tiene que venir nadie a crearnos un prejuicio de algo que es tan natural? Será mejor que nos demos

bien de crema de protección por todas partes, que el sol ya está muy alto y si no nos quemaremos. Por cierto, date bien en las zonas que es la primera vez que vas a exponer al sol o esta noche se te pondrán como un tomate colorado.

— Eso, ríete de mí, que será por poco tiempo. Tú no sabes, pero las Villanova somos todoterrenos, aprendemos y nos adaptamos al terreno dejando a los demás atrás.

— Anda, pues adáptate y dame crema por detrás que yo no llego.

Andrea se tumbó en la toalla y Alpha empezó por los hombros y cuando estaba a la altura de los riñones vio el tatuaje que formaba un triángulo cuyos lados eran tres palabras: "Vincit omnia veritas".

— Andrea, esta mañana he visto que tienes un pequeño tatuaje entre el dedo índice y el pulgar que es un triángulo abierto…

— En la simbología de los tatuajes, un triángulo que no llega a cerrarse indica que la persona que lo lleva está abierta a la amistad de todos.

— Y este más grande de la espalda pone "vincit omnia veritas".

— Ese cómo estás viendo, es un triángulo que apunta hacia abajo, que solo llevan las mujeres. Los hombres llevan los triángulos apuntado hacia arriba. La frase significa "la verdad lo conquista todo" o "la verdad siempre sale a la luz". Se puede expresar de mil maneras. Para mi tiene un significado muy especial porque me lo hice el día que acepté definitivamente algo que yo ya sabía, el hecho de que era lesbiana y decidí que nunca más se lo ocultaría a nadie.

Alpha terminó de aplicarle el protector solar y se tumbó para ser ella la que recibiera la atención. Notó como se la extendía con suavidad por la espalda, los glúteos y la parte posterior de las piernas. A su mente vino la imagen de otros aceites que habían lubricado su cuerpo hacía pocos días. Desechó el pensamiento. Aquello ya era el pasado. Porque era el pasado, ¿no?

— Alpha, tienes todo lo que a mí me falta. Tenía la secreta esperanza de que tuvieses un poco de celulitis en el trasero, pero ni eso. Te tengo una envidia malsana. Te odio.

Las dos se rieron.

— Calla y tomemos el sol que no tienes nada de que quejarte.
— ¿Te hago una lista?
— Escuchemos el mar. Tengo una curiosidad. ¿Te fue fácil salir del armario?
— Lo más duro fue ganarle la batalla a mis propios prejuicios. Prejuicios que te han inculcado desde niña. Tú sabes que eres mujer y que te tienen que gustar los chicos y que eso debe de hacerte feliz y que cualquier otra opción que se aparte de ahí es antinatural. A ti, sin embargo, no te gustan los chicos, no te hacen feliz y la otra opción te parece de lo más natural. Un día conoces a una chica y te queda claro lo que sientes. Te miras al espejo y te dices: "Andrea, eres lesbiana".

— ¿Y lo de decírselo a la familia y a los conocidos?

— Eso fue más fácil. Tú eres así y si te quieren que te acepten como eres. Lo más difícil fue decírselo a mi tía Enriqueta, la que me crio desde la muerte de mis padres. Es una solterona que dudo que conozca varón y mata sus frustraciones rezando a un sinfín de imágenes de vírgenes y santos que tienen repartidos por toda la casa. Cuando se lo dije me dijo que tenía que ir a hablar con don Abilio, párroco del barrio y que, por favor, no se lo dijese a nadie. Los trapos sucios se lavan en casa. Como te puedes imaginar a los tres días lo sabían hasta los funcionarios de las partidas de nacimiento. Fui para ver si podía cambiar algún apellido por la palabra lesbiana. Ahora te darás cuenta de que elegí Brescia además de por la belleza del lago de Garda, para poner tierra de por medio y, quizás, no esté lo suficientemente lejos.

— Andrea, me gustas como persona. Siempre me han gustado las personas con carácter fuerte. Presiento que en unos años aparecerás en la portada de todas las revistas científicas del mundo y podré decir: "con esa tomé el sol en pelotas".

Volvieron a reír las dos al unísono.

— ¿Te imaginas? Mi cara, mis ojos, en la portada de las revistas *TIME, People, Wired*… aunque lo más normal será que aparezca en *National Geographic* con el descubrimiento de algún mono albino, en mi caso, al vino blanco.

Alpha ya no podía contener las carcajadas.

— Creo que nos está afectando el sol. Vamos a bañarnos.

— ¿Qué tal llevas tu desnudez?

— La verdad es que se me había olvidado. Desde luego, cuantas prohibiciones absurdas ¡Que tontos somos los humanos!

Alpha sintió la primera impresión del agua corriendo por sus partes, hasta ahora, más ocultas. Nadaron y bucearon y estaban en estas cuando, bajo el agua, se encontró a Andrea de frente, boqueando como un besuguito y soltando unas pocas burbujitas por la boca. A Alpha le entró un ataque de risa y tuvo que subir precipitadamente porque casi se ahoga.

— Creo que me he debido de tragar medio Mediterráneo por tu culpa. No me hagas reír debajo del agua…

Andrea seguía poniendo cara de pececito y haciendo muecas como pez fuera del agua.

La playa de Carabassi es una playa de mar abierto con lo que las pequeñas olas te van arrastrando a lo largo de la costa. Sin darse cuenta salieron a la orilla a cien metros a la izquierda de donde tenían extendidas las toallas. Fueron caminando por la orilla encontrándose con otros bañistas. Había muchas parejas de todo tipo y condición y varias familias con niños que correteaban o hacían castillos de arena en plena libertad. Sentada en una silla plegable, bajo una sombrilla, una abuela vestida de negro observaba con atención todo lo que ocurría. Alpha pensó que allí había una buena fotografía. La nota discordante de una mujer con sus ropajes de luto mirando con atención la desnudez que la rodeaba era el perfecto reflejo del pasado y el presente de la sociedad de este país.

La sociedad actual cada década da un gran salto, evoluciona, progresa, nos obliga a adaptarnos. Alpha pensó que le gustaría conocer lo que se cocinaba en la cabeza de aquella mujer. Vista desde fuera era un anacronismo histórico, pero… ¿cómo veía ella la sociedad?

— Alpha ¿estás ahí? De repente te has quedado muy seria.
— No es nada importante. Por cierto, ¿te habías dado cuenta de que en la comparativa estábamos estupendas?
— ¿Me acabas de hacer la cobra mental? Te preguntaba que estabas pensando y me sales con que estamos estupendas.
— Vale, pensaba en esa señora que parece recién sacada de un pueblo de la España profunda y la han traído a una playa nudista. El choque emocional tiene que ser tremendo. La educación recibida desde la infancia frente a la libertad de sus hijos y sus nietos.
— Alpha, yo creo que estará encantada. Seguramente será la primera vez que ve más pirulillas que las de su difunto Manolo. Eso, suponiendo que su Manolo no la matrimoniase con la luz apagada.
— ¿Matrimoniarse? ¿Qué clase de expresión es esa?
— Una que emplea mi tía Enriqueta para evitar decir joder, follar, chingar, copular… el caso es que un día la miré en el diccionario y existe, aunque solo se emplea en Chile y con el significado de contraer matrimonio y no de coitar como conejos.

El calor empezaba a ser excesivo y pensaron acercarse al chiringuito para refrescarse con unas bebidas bien frías y un poco de sombra. Decidieron subir la duna de arena para atajar el camino. Llegaron hasta la cresta de la duna y, a un metro, se encontraron una joven pareja que estaban dando rienda suelta a su pasión. Al oírlas, la pareja miró en su dirección y Andrea, tan rápida como siempre para salir de situaciones comprometidas dijo:

— Sigan, sigan matrimoniándose que nosotras estamos de paso.

Alpha no se podía aguantar la risa. No se lo podía creer.

18. El cumpleaños de Andrea

— Buenos días, Marta.

— Buenos días, Alpha ¿Qué tal lo pasasteis ayer en la playa?

— Muy bien. Al principio me dio un poco de apuro, pero como Andrea lo hace todo de forma tan normal y espontánea, la verdad es que a los pocos minutos ni me daba cuenta de que estaba desnuda. Parece que todo lo hace por impulsos, sin reflexionar, pero tiene una cabeza muy bien amueblada. Yo sin embargo soy más de pensarlo todo, darle cien vueltas y cuando tengo algo muy claro, hacerlo. A veces creo que pienso demasiado pero no hacerlo me horroriza. Si algún día tengo una página web se llamará: *Alphaladubitativa.com*.

— Sabes que le gustas, ¿no?

— Ella también me cae muy bien.

— No, me refiero a que le gustas mucho, pero mucho, mucho… ¡Ay chica, las heteros no os enteráis de nada!

En aquel momento Marta cogió su móvil y empezó a enseñarle fotografías que les había sacado en la discoteca y en el viaje de vuelta de Benidorm.

— Mira las fotos, en todas Andrea te está mirando a ti. Parece que el resto de las personas que salen en la foto no existieran y mira el brillo de su mirada.

— No sé, creo que te equivocas. Además, no ha hecho nada que lo sugiera. Nos acabábamos de conocer hace unas horas.

— Cosas más raras he vivido en carne propia—dijo Marta suspirando.

— Bueno, supongo que estará durmiendo, pero si baja dile que estoy desayunando enfrente.

Alpha cogió el periódico local y se sentó en una mesa junto a la cristalera, mientras esperaba su tostada con jamón y tomate y su café con leche y sacarina. Estaba leyendo un artículo de opinión y pensando lo lejos que habían pasado a estar de su ánimo los problemas diarios de la política, cuando Andrea se dejó caer en la silla de enfrente.

— Buenos días, Alpha. Marta me ha dicho que estabas aquí ¿Qué tal has dormido?

— Poco. Anoche te estuve esperando. Pensaba que vendrías a que te contara un cuento.

— Pasamos un día tan bonito que me dio miedo estropearlo. Tampoco quiero que pienses que soy una pesada.

— La noche anterior me gustó que te quedases. Creo que podría acostumbrarme fácilmente a dormir acompañada.

— Estuve dos horas desvelada, resistiéndome al impulso de llamar a tu puerta. Vaya par de paletas. Lo peor ha sido esta mañana que al abrir los ojos solo he visto una almohada blanca.

— Sí, es agradable tocar las sábanas calientes y ver una cara amiga.

— Bueno, hoy es mi cumpleaños así que hoy también tengo los 23 años.

— Pero ¿cómo no habías dicho nada? Feliz Cumpleaños. Ven que te dé dos besos.

— Esta noche te invito a cenar. Me acaba de hablar Marta de la pizzería *Las Campanas*. Debe estar antes del barrio de Vistahermosa, cerquita de la playa. Me ha dicho que tiene una terraza estupenda y que tanto en verano como en invierno es un sitio muy agradable.

Hoy tengo que acercarme a Elche a saludar a unos primos lejanos que tengo y hace más de ocho años que no veo. Ayer hablé con mi tía Enriqueta y antes de preguntarme por cómo lo estaba pasando, me preguntó si ya había ido a verlos... Así que cumpliré con el trámite porque solo me quedan hoy y dos días más antes de mi marcha.

— ¿A qué hora volverás?

— Supongo que me despediré después de comer así que será a media tarde.

Alpha echó de menos su móvil.

— Bueno, nos vemos en el hotel dentro de unas horas.

Alpha pensó en regalarle algo a Andrea por su cumpleaños y se dirigió al mercadillo de puestos callejeros que se instalaba cada día en el Paseo de la Explanada, frente al puerto. Había puestos de todo tipo, pero se paró en uno de camisetas con mensajes. Junto a las de *I love Alicante* había una camiseta blanca que en lugar del cocodrilo típico tenía dibujadas dos plantas de dos pies en el pecho y la inscripción: *¿Quieres hacerme cosquillas?* Alpha pensó en comprársela para su madre, pero le pareció que

Arturo no necesitaba que le dieran ideas para tenerla satisfecha. Se paró frente al puesto de una pareja de artesanos con estética hippie. Su madre diría: *"De falsos hippies. Se ponen una cinta en el pelo con una flor, un chaleco degradado, un vestido amplio de motivos florales, se fuman un par de porros de marihuana y se creen los herederos de un movimiento revolucionario que cambió la forma de vivir la vida de medio mundo"*.

Mirando el expositor de los pendientes que fabricaban, vio unos aros de no más de cuatro centímetros del mismo color azul que los ojos de Andrea. Compró dos juegos iguales. En otro puesto compró un estuche con dos vasitos de chupito con la letra "A" grabada en el cristal. A de Alicante, A de Andrea, A de Alpha. En este segundo puesto se lo envolvieron para regalo y añadieron los pendientes y una nota que escribió Alpha:

> *"Feliz Cumpleaños. El segundo par es para que se lo regales a la persona que tú quieras"*.

Era la hora de comer, pero no tenía hambre. Vio un centro de estética que avisaba que no cerraba al mediodía. Pensó que no le vendría mal dedicarse un par de horas a cuidarse. Se rio de semejante pensamiento. ¿Qué había hecho los últimos 17 días?

El resto de la tarde lo pasó tumbada en la cama después de haber releído todo lo que había escrito en su cuaderno de viaje. Ya había pasado el ecuador del viaje y tocaba repasar y reposar todo lo que había ocurrido. Sin darse cuenta se quedó dormida y la despertaron unos golpecitos en la puerta.

— Hola Andrea, me había quedado dormida ¿Qué tal la reunión familiar?

— Todo lo bien que pueden ser esas reuniones. Repartes besos a personas que si no fueran hermanos de tu padre o de tu madre no tendrías ningún contacto. Pones cara de póker cuando te hablan de familiares a los que apenas pones cara y de cosas que pasaron sin darse cuenta de que tu debías de ser un lactante y no has tenido nadie que te lo recuerde. Por supuesto alabas *el arroz con costra* que te han hecho para obsequiarte por ser un plato típico de Elche y seguro que allí en Italia no tienen cosas tan ricas. *¡Qué van a tener!* Mientras tanto tú estás pensando porqué al arroz le echan tanta longaniza blanca, roja, blanquito y butifarrón y encima de todo cuajan una tortilla francesa de un montón de huevos. Y piensas, que todo sea para tranquilizar a tía Enriqueta, mientras agradeces a la Unión Europea el crear becas de investigación en Brescia.

— Creo que me hago una idea. A mí también me ha tocado vivir alguna de esas experiencias, aunque siempre estaba mi madre que es especialista en torear las situaciones que no le interesan nada y dejar a todos encantados.

— Bueno, me ducho, te llamo en media hora y nos vamos a cenar.

Alpha empezó a prepararse para la noche. Eligio unos vaqueros ajustados hasta encima del tobillo y una blusa fresquita, estampada con vivos colores. Al final se decidió por unas sandalias sin casi tacón como concesión a la comodidad. Se miró al espejo y se sintió atractiva. Le pareció que la playa nudista había puesto un poco de color en las marcas que había dejado el bikini en su cuerpo. Tuvo un momento de duda a la hora de ponerse el sujetador. De momento el sujetador iría en su bolso no fuese que a esa loca se le ocurriese ir a bailar salsa y acabase montando un numerito. Un poco de maquillaje en los ojos, para no salir muy perjudicada en la comparativa con los de Andrea y un toque de color en los labios, bastaba. Comprobó que en el bolso llevaba la cartera y el regalo y se sentó a esperar su llamada.

[***]

La pizzería Las Campanas tenía una terraza magnífica para pasar las noches de verano. Farolillos de colores, manteles de tela, copas de cristal fino donde escanciar un verdadero Lambrusco de la región de Módena y una música ambiental que en aquel momento atacaba el *"O sole mio"* cantado por los tres tenores. Allí reinaba Erika, una mujerona alemana que se paseaba entre las mesas con una sonrisa, preguntando si todo estaba correcto y atenta a las necesidades de todos los comensales. Muchos debían ser clientes habituales porque parecían estar como en casa.

Alpha observó que Andrea estaba guapísima. Había elegido unos vaqueros y una camiseta con un escote triangular de vértigo que ella no podría ponerse nunca. Una gargantilla redonda de aguamarinas terminaba de enmarcar su cara.

— Estás guapísima. Te ha sentado muy bien cumplir los veintitrés años.

Alpha buscó en su bolso y le dio el paquetito del regalo.

— Feliz cumpleaños.

Desenvolvió el regalo y Alpha juraría que una lágrima quiso desbordar sus párpados. Le dio dos besos.

— Gracias, no me lo esperaba.

Leyó la nota y le alargó uno de los pares de pendientes.

— Esta noche las dos llevaremos los mismos.

Por los altavoces sonaba el bolero *"Si tú me dices ven"* de Los Panchos. La conversación durante la cena la llevó mayoritariamente Andrea. Habló de la Universidad de Químicas de Brescia donde tenía que presentarse en 72 horas. Habló del Lago de Garda y de la belleza de la región. Zona prealpina de clima templado, húmedo durante todo el año y caluroso en verano. Excepcional para la fabricación de buenos vinos y aceites.

Andrea felicitó a Erika por la calidad de su Lambrusco cosa que esta agradeció entusiasmada confesando que no podía ser de otra manera porque si no su querido esposo Antonello Chianti se removería en su tumba. Ahí pasaron a hablar de Brescia y de Módena de donde era su querido Antonello. Al final, Andrea pidió una botella de Limoncello para estrenar los vasitos de chupitos con su inicial grabada.

— ¿Dónde quieres que vayamos ahora, cumpleañera?
— Casi preferiría un sitio tranquilo. Cuando traiga la bebida le preguntamos a Erika.

Erika les trajo una botella que debía de haber sacado del congelador por la escarcha que se formó en unos segundos y una caja de trufas de la Pasticceria Marchessi de Milán que según les dijo están consideradas las mejores del mundo. Se lo dejó todo en la mesa y les dijo que se sirvieran ellas mismas porque invitaba la casa. Alpha sirvió en los vasitos.

— Por Andrea y por Alpha, por nosotras.
— Por nosotras.

Probaron las trufas.

— ¡Madre mía, que buenas! Yo no podría vivir en Italia, engordaría diez kilos por año. Esto tiene que ser pecado. Si ríete, ríete. Ya quisiera yo tener tu metabolismo.

Andrea le hizo un gesto a Erika pidiéndole la cuenta. Mientras pagaba le preguntaron por algún sitio tranquilo y que estuviera cerca porque estaban sin coche.

— Yo que vosotras me iría a una calita muy pequeñita, de arena fina que hay a unos 400 metros. La carretera no está muy bien asfaltada, pero es un lugar fantástico tanto de día como de noche. Solo hay cuatro chalecitos al borde de la carretera y en uno de ellos vivimos nosotros. Si queréis le digo a mi hijo Antonello que os lleve porque él se va ya para casa.
— Gracias Erika por llevarnos, por las trufas, por lo bien que hemos cenado y por ser como eres -dijo Alpha.

Erika las abrazó a cada una con un brazo.

— Aquí tenéis vuestra casa cuando queráis.

Antonello tardó un par de minutos en dejarlas en la cala y en enseñarles el timbre del chalet que ocupaba la familia por si necesitaban algo. La cala era pequeñita. Unos 160 metros iluminados por cuatro farolas a intervalos de 40 metros y por las luces de las puertas exteriores de los chalés.

Dos pequeñas barcas con complejo de tortugas permanecían varadas en la arena enseñando el casco a la noche estrellada. Alpha se sentó en la arena con las piernas abiertas y la espalda apoyada en el casco de una de las barcas. Andrea se sentó entre sus piernas y se apoyó en su pecho mirando hacia el mar.

El mar solo era una mancha negra y solo se veía ligeramente la poca espuma que llegaba con cada ola a la orilla. El suave ruido que producía el agua en su ir y venir relajaba a la vez que impresionaba. Por la curvatura de la barca las cabezas fueron echándose hacia atrás y acabaron mirando el cielo completamente estrellado.

Alpha vio pasar una estrella fugaz, poco después otra y segundos después otras dos. Se lo dijo a Andrea y las dos miraron al cielo con más atención. Vieron pasar 20 o 30 estrellas fugaces en un par de minutos.

— No te quejarás. Con el poquito tiempo que he tenido y vaya fiesta de fuegos artificiales que te he organizado para celebrar tu cumpleaños.
— ¡Serás bruja mentirosa! La verdad es que te lo agradezco como si fuera verdad.

Alpha llevaba un rato acariciándole la cabeza, metiéndole los dedos entre los mechones de pelo. Desde la base posterior del cuello subían despacio hasta la parte superior de la cabeza y bajando por los laterales recolocándole el pelo detrás de las orejas. Andrea parecía que estaba hipnotizada. La cabeza se le caía para cualquier lado. Se paró en sus orejas y estuvo jugando con sus lóbulos y los pendientes nuevos.

— ¿Andrea, te puedo hacer una pregunta?

Solo pudo asentir con la cabeza.

— Me ha dicho Marta que cree que yo te gusto.
— Maldita chismosa. ¿Quién es ella para saber nada de mí?

Andrea intentó volverse, pero Alpha la agarró fuerte y se lo impidió.

— No te des la vuelta. ¿Es verdad?

Andrea asintió con la cabeza. Alpha siguió jugando con su pelo. El silencio lo inundó todo. Ya nadie escuchaba el ruido el ruido del mar y nadie miraba las estrellas. El cerebro de Alpha era una máquina de vapor trabajando a máxima potencia. Mierda, la noche era perfecta. Estabas disfrutando de la compañía de Andrea, estabas viviendo un momento muy especial ¿Qué es lo que ha cambiado? ¿Qué ahora tienes la confirmación de algo que ya sospechabas? ¿Cuál es el problema? ¿El prejuicio que te enseñaron de niña de que eso es antinatural? ¿Cómo lo dijo Olga? *"Alpha, tienes que desaprender"*.

Dios, que larga es la sombra de Doña Olga. Habían pasado diez minutos. Alpha la besó en el lóbulo de la oreja.

— Andrea perdóname, soy una imbécil.
— Perdóname tú.
— Cállate, no tengo nada que perdonarte. La culpa es mía que tengo la cabeza llena de mierda y tengo que aprender a desaprender. Sigo llena de prejuicios estúpidos.

Estamos pasando una noche maravillosa y nadie nos va a venir a decir lo que está bien y lo que está mal. Lo que podemos o no podemos sentir. Perdóname soy una estúpida.

Alpha la besó en la mejilla y le supo a salado. Andrea había estado llorando en silencio. Volvió la cara hacia ella y le ofreció sus labios. Alpha inclinó más la cabeza y se los besó muy despacito. Misteriosamente las olas volvieron a hacer ruido y las estrellas parecían jugar al ahora me ves, ahora no me ves. Ahora fue Andrea la que preguntó.

— ¿Qué ha pasado por tu cabeza este rato? ¿Por qué al principio te has bloqueado?
— Algo más fácil de explicar que de vivir cuando me está ocurriendo. Ante un hecho sorprendente mi cerebro irracional, ese que funciona a base de clichés, prejuicios y arquetipos falsos, me provoca reaccionar de una determinada manera. Luego viene mi cerebro racional que es más perezoso que el otro e introduce la lógica en mis pensamientos y me obliga a desdecirme o a deshacer mi comportamiento inicial.
— ¿Y que te ha dicho tu cerebro racional?
— Para empezar, que me estaba comportando de manera irracional. Que tú y yo estamos juntas porque estamos a gusto. Que te guste es algo natural porque yo me lo he dicho a mi misma delante del espejo antes de vestirme para venir a cenar. Y que tú también me gustas aunque todavía no sé si de la misma manera. Y que te pidiese perdón por comportarme como una niña y que mi madre otra vez tenía razón cuando me dijo que me

olvidase de todo lo que me habían enseñado y aprendiese a pensar y sentir por mi misma.

— Pues sí que le ha cundido a tu cerebro racional y eso que siempre llega tarde ¿Y no te ha dicho que me besases una segunda vez?

— Creo que sí.

— ¿Te apetece que nos bañemos? No lo he hecho nunca de noche.

— No gracias, no vaya a ser que esté el tiburón acechando. Cuanto miedo me metió en el cuerpo Steven Spielberg con su película. Vamos a cambiar el sitio que yo también quiero que me hagas cariñitos.

— Vale, pero que sepas que ya se porqué me has regalado los vasitos de chupitos.

— ¿Por qué?

— Porque quieres que siempre te tenga cerca de mis labios.

Las dos rieron.

19.   De regreso al hotel

A las cuatro de la mañana estaban esperando a recoger las llaves de sus habitaciones en la recepción.

— Eduardo, por favor, dígale a María que no haga hoy nuestras habitaciones. Creo que dormiremos toda la mañana.

En la puerta de la habitación Andrea la besó e hizo un amago de irse a su cuarto.

— ¿No te quedas?

— Quería que me lo pidieses. ¿Estás segura?

— O hoy o nunca. Aunque no te prometo que al final me asuste y de la espantada. En eso soy especialista.

Andrea la besó con ternura. Con ella todo era sencillo y natural.

— Creo que lo mejor será que durmamos. No quiero que esta sea una situación estresante para ti. Si te parece dormimos abrazadas y mañana, cuando nos despertemos, ya veremos. Si algo tiene que pasar pasará y si no habremos pasado la noche en brazos que es la mejor forma de dormir.

Se besaron dulcemente los labios, los párpados cerrados, se abrazaron y respiraron a pocos centímetros una de otra. Intentaron dormir pero sus brazos libres acariciaban despacio a su pareja. Alpha se concentró en sentir. La mano de Andrea acariciaba su espalda. En un momento, rodeó con su mano uno de sus pechos y empezó a jugar con él. Notó como el pezón se endurecía. Andrea deshizo el abrazo y rodeó el pezón con sus labios, lo aplastó con su lengua y después succionó. Un suspiró salió de los labios de Alpha. Andrea la miró desde abajo con aquellos grandes ojos que se veían felices.

— ¿Te gusta?

— Sigue, no pares.

Alpha no quería abrir los ojos. Solo quería sentir y estaba sintiendo mucho. Andrea parecía conocerla mejor que ella a sí misma. Notó sus pequeños pezones endurecidos deslizarse por su vientre. Su lengua jugó un rato con su ombligo. Alpha tomaba nota mental de todo, mientras sentía como ella le besaba la cara interna de los muslos. Se notaba completamente excitada y parecía que Andrea no tenía prisa en llegar a la bisectriz entre sus piernas. Gemía con frecuencia y su respiración cada vez era más rápida. Con sus manos a ambos lados de su cabeza, la atrajo hacia su clítoris donde su lengua le arrancó los más fuertes quejidos por dos veces consecutivas.

[***]

Alpha se tomó un par de minutos mientras Andrea le apartaba un par de mechones de la cara.

— Ha sido maravilloso. Ahora déjame a mí que te quiera.

Quince minutos más tarde ambas descansaban relajadas mirando al techo. Andrea preguntó:

— ¿Cómo te sientes?
— Maravillosamente bien.
— ¿Qué te dice ese cerebro que te habla?
— Que algo tan bonito no puede ser malo, lo diga quien lo diga y que si no fuese algo natural mi cuerpo no reaccionaría como lo hace. Solo tengo una pregunta. Creo que sentía un vacío en mi interior. Creo que deseaba que me penetrases.

Andrea sonrió.

— ¿Por qué gais, lesbianas y grupos de despedidas de soltera son los principales clientes de los sex-shops? De esto los dueños de las tiendas especializadas saben mucho. El uso del consolador y su evolución a vibrador viene desde la antigua Grecia. Te aseguro que hay consoladores en más hogares de los que te puedas imaginar y por supuesto también en las de las casas heteros. Si te fijas la venta por internet de estos productos siempre viene acompañada de un aviso de "envío discreto". Esto ha favorecido su difusión hasta la aldea más pequeña y alejada del país donde todo el mundo se conoce.
— ¿Tú tienes?
— Si, claro. Lo mejor fue cuando al pasar la aduana en Italia me tocó revisión de equipajes. De todo el avión nos tocó a cinco o seis personas. Un Carabinieri de Aduanas

jovencito vio los consoladores y se empeñó en desmontar el vibrador, supongo que para comprobar si llevaba drogas en vez de pilas. Detrás mío venían una señora de unos cincuenta años y su madre, una ancianita adorable. *"Señor agente, ¿quiere que le ayude?"*- dijo la abuelita- *"Mi hija no me ha dejado traer el mío, dice que no me lo iban a dejar pasar. ¡Ves, Matilde! Es como un artículo de aseo personal"*. Los carabinieri intentaban mantener la profesionalidad mientras que Matilde pasaba del rojo al granate.

— Lo que no te pase a ti es porque no se ha inventado. Vamos a dormir que ya está amaneciendo. Mañana iremos de compras que solo me quedan dos días de vacaciones.

Se besaron.

20.   De compras

Antes de abrir los ojos notó su presencia y el calor que despedía su cuerpo. Sintió su respiración tranquila muy cerca de su oreja y su brazo rodeándole el abdomen. Miró aquella cara de muñequita que aparentaba diez años menos y le retiró un mechón de pelo que le cruzaba sus labios. Acarició el lóbulo de su oreja y el pendiente azul y la besó en los labios.

— Si esto es un sueño, no quiero despertarme. Sigue, sueño, sigue.

Andrea seguía con los ojos cerrados y dejándose besar. Alpha miró el reloj y casi eran las 17horas.

— Vamos perezosa, ya es media tarde. ¿No querías salir de compras? Supongo que querrás comprar algo para llevarte a Italia.

— Quería, pero no se puede tener todo. Quería, pero eso fue ayer. Hoy solo quiero dormir y estar aquí a tu lado.

Alpha hizo mención de levantarse y Andrea la intentó sujetar con un brazo, pero se le escapó.

— Me voy a duchar. Tienes 10 minutos para seguir haciendo el vago.

Andrea entró en el baño vestida con vaqueros y la camiseta del día anterior. Descorrió la mitad de la mampara.

— Me voy a duchar a mi cuarto, estate preparada dentro de media hora. Que sepas que te odio.

Alpha la salpicó con el agua de la ducha que seguía abierta, antes de ofrecerle sus labios.

[***]

Salieron a la calle y se dieron cuenta del hambre que tenían. Andrea la cogió por el brazo y la empujó hacia el interior de un supermercado.

— ¿No será mejor que comamos algo en la barra de una cafetería?

Andrea pasó de los pasillos de alimentación y decidida se dirigió al fondo, a la sección de artículos de belleza y se puso a mirar las estanterías.

— Si me dices lo que buscas igual te puedo ayudar.

— Aquí están. Caja de seis, caja de doce. Con la de seis nos bastará ¿no?

Alpha no sabía que le preguntaba hasta que le dio una caja de preservativos. La volvió a coger del brazo y la llevó a la sección de verduras. Se puso un guante de plástico en una mano y cogió un calabacín.

— ¿Te gusta este tamaño? Se ve que está sano y duro. En los calabacines es muy importante que no estén blandos porque esos están demasiados maduros.

Alpha no podía creer lo que estaba viendo. Aquella cara angelical era una máscara viciosa que cada vez reía más cuanto más roja se ponía ella.

— Llevémonos también este que es más cabezón por un extremo. Vamos a la caja.

Se pusieron en la cola que atendía un joven que no parecía tener mucha experiencia. Andrea estaba contenta y en un tono para que la oyeran las personas que esperaban antes y después en la cola, puso cara de pícara y dijo:

— ¿Así que nunca has probado el calabacín? Es buenísimo, ya verás, le da un toque especial a la ensalada. Eso y un buen aliño y te quedas como una rosa.

Alpha no sabía dónde meterse. Suponía que debía estar toda colorada porque sentía mucho calor a pesar del aire acondicionado del local. Por fin llegó su turno. El joven las saludó con corrección. Cogió la bolsa por uno de los calabacines y la pasó adelante y atrás varias veces por el lector del código de barras. Andrea la miró con cara de estar viviendo una premonición y las dos soltaron una carcajada.

— Disculpen señoritas, es que la etiqueta esta doblada y tendré que meterla a mano.

Las carcajadas se tuvieron que oír en medio supermercado. Pagaron y abandonaron el local buscando un paquete de pañuelos de papel para secarse las lágrimas.

21.   La despedida

La sintió moverse y besarla en los labios. Abrió los ojos y la encontró mirándola seria aunque enseguida enmarcó una sonrisa.

— ¿Ya es la hora? - preguntó Alpha.

— No, duerme otro par de horas. Voy a mi habitación a preparar la maleta. Luego te despierto.

La volvió a besar y Alpha la correspondió. Dos horas más tarde se despertó sobresaltada. Miró el reloj y era tarde. Llamó por el teléfono a la habitación de Andrea y no descolgó nadie. ¿Estaría en la ducha? ¿Se habría dormido? Ya debían estar camino del aeropuerto. Llamó a recepción.

— Marta, ¿está Andrea? Creo que se ha dormido.

— Alpha, Andrea se ha ido hace hora y media.

— No puede ser, no me ha despertado.

— Te ha dejado una nota y me pidió que no te despertase.

Se puso un pantalón y la primera camiseta limpia que encontró y bajó a recepción.

— Me dejó esto para que te lo entregase. Seguramente ya estará volando.

Alpha desdobló el papel y leyó:

Querida Alpha, perdóname por haberte engañado sobre la hora de salida de mi vuelo. No me gustan las despedidas largas porque en ellas a veces se dicen cosas que no se pueden cumplir.

A diferencia de mí, sé que no estás enamorada y que la vida me puso en medio de ese camino de conocimiento de ti misma que has emprendido. A tu lado he pasado unos días maravillosos y espero que tú los guardes en tus recuerdos de la misma manera.

Eres una mujer maravillosa a la que siempre llevaré en el corazón, como solo se puede llevar a la persona que se inventó el primer cuento de tu vida para irte a dormir.

Somos jóvenes y toda la vida la tenemos por delante. Ella hizo que nuestros caminos se juntasen en un momento y que ahora se separen, pero nunca se sabe lo que harán detrás de la siguiente curva.

Ni tengo tu número de teléfono, ni tú el mío, pero si algún día echas de menos un chupito de Limoncello siempre tendré uno bien frío esperándote en la Universidad de Brescia.

Arrivederci bella.

Posdata: Mi corazón fue tuyo desde el momento que en la primera noche, después de contarme un cuento y retirarme un mechón de la cara, me diste un beso en la frente mientras me hacía la dormida.

Alpha se quedó bloqueada. Solo una imagen ocupaba su cerebro. Era la cara de Andrea, mirando hacia adelante por la ventanilla del avión, con aquellos dos grandes ojos azules que se fusionaban con el azul del cielo.

Se refugió en su habitación y se sentó en aquella cama que habían compartido durante cuatro noches. Estaba triste, miraba los rayos de sol que entraban por la ventana y se reflejaban en las motas de polvo en suspensión del aire, pero no conseguía soltar ni una lágrima.

No podía pensar. Solo se acumulaban preguntas, una detrás de otra. ¿Qué era Andrea para ella? ¿Era o había sido? ¿Su relación había sido un experimento en busca de su identidad sexual o era el descubrimiento de algo más? ¿Si era capaz de vibrar tanto con hombres como con mujeres, era bisexual? ¿Acaso no evolucionamos constantemente? ¿No es verdad que nunca terminamos de conocernos?

Por otro lado, veía que todo el mundo hablaba con mucha ligereza de estar enamorado. ¿Lo que ella sentía era amor? ¿El amor era eso? ¿Podía decir que alguna vez había estado enamorada?

Demasiadas preguntas y en aquel momento no tenía ninguna respuesta. Lo único que tenía claro era que nunca terminamos de conocernos. Cuanto más te conoces, más caminos se abren, más decisiones tienes que tomar y a más dudas te tienes que enfrentar. ¿Qué decía su madre?

"Hay dos tipos de personas. Las que compran un libro y solo leen la tapa cuando quitan el polvo y las que lo abren y quieren saber lo que hay dentro. El primero es el camino fácil,

La larga sombra de Doña Olga inundó aquella habitación. Era como si su madre hace tres semanas supiera lo que ella estaba viviendo día a día. Eso de alguna manera le dio calma. Las preguntas que se hacía tendrían que esperar sus respuestas. Aquel no era el momento. Necesitaba tiempo y nuevas perspectivas. Lo que sí sabía es que ella era de las que abren el libro y quiere vivir la historia que se cuenta.

Sentada en el asiento 12A del vuelo Barcelona – Milán, Andrea miraba por la ventana el color gris del mar hasta que, superando unas nubes por altura, la vista perdió toda su atención. Tenía por delante hora y media de vuelo monótono hasta la aproximación al aeropuerto. Después, otra hora de viaje en autobús para recorrer los 60 kilometros de carretera y la llegada a la residencia universitaria donde se alojaría, por lo menos los primeros meses hasta conocer un poco más el lugar donde pasaría los siguientes dos años.

Sentado a su lado viajaba un italiano de unos cuarenta años que enseguida había intentado entablar conversación. Por señas le explicó que no le entendía y se puso las gafas de sol aparentando ir a dormir.

"Lo siento spaguetti pero lo último que deseo ahora es mantener una conversación intrascendente con alguien que no voy a volver a ver en mi vida. Si te aburres haz un crucigrama"—pensó Andrea.

Intentó poner la mente en blanco, concentrarse en la música de su iPhone que salía por los auriculares, pero sus ojos cerrados se llenaban con caras de Alpha. Alpha riéndose, Alpha seria, Alpha ruborizada, reflexiva, feliz, relajada, tierna…Después se le aparecieron algunas de las escenas que habían vivido. Alpha reinando en la pista de baile, inventando un cuento con la moraleja de *"Solo somos lo que dejamos en el corazón de las personas que queremos y que nos quieren"*. Alpha luchando contra sus prejuicios y saliendo victoriosa. Alpha dándole un beso en la frente. Nunca nadie le había sabido demostrar tanta ternura. Solo con recordarla la recorrió un estremecimiento agradable de emoción.

Instintivamente una mano se dirigió al lóbulo de su oreja y tocó el aro azul del pendiente que colgaba. Quiso pensar que aquel día Alpha se pondría el otro par de pendientes iguales, que ella tenía. Sabía que era una tontería, pero era su tontería. Alpha se los pondría como forma de acortar un poco la distancia entre ellas, que iba agrandando aquel avión. Tenía derecho a desearlo.

Andrea sabía que su vida desde pequeña no había sido fácil. Había tenido que luchar mucho para salir adelante y siempre lo había aceptado porque no había conocido otra forma de vivir. Aquellos cinco días pasados con Alpha habían sido para ella como un oasis en el desierto. Nunca nadie le había dado tanto cariño, tanta ternura. A su lado se había sentido escuchada, analizada, respetada y aceptada sin reservas. En definitiva, se había sentido querida.

Ya estaba bien de renuncias, de despedidas y de pasar páginas. En cuanto aterrizase en Milán pensaba pedir dos limoncellos en los vasitos de chupitos que le había regalado y viajaban en su bolso. Con el primero brindaría: *"por ti Alpha, por ser como eres"* y con el segundo: *"por nosotras y porque nuestros caminos se vuelvan a cruzar pronto"*. *"A presto, amore mio"*.

En algún sitio había leído, que si algo tiene que pasar, pasará tarde o temprano. Y si no, será porque el futuro nos depara algo mejor.

Por los altavoces del avión el capitán Doménico Sartori les informó que iban a realizar la maniobra de aproximación al aeropuerto, donde gozaban de un día despejado y una temperatura de 26º centígrados.

Andrea se secó con disimulo un par de lágrimas que ocultaban sus gafas de sol.

23. Mar y playa

Luis José la vio pensativa, sentada en una mesa junto a la cristalera, mirando sin ver la calle. Notó que ese día no brillaba como era habitual. Por primera vez en aquellas tres semanas se sentó frente a Alpha.

— Chiquilla, ¿qué te pasa? Parece que se te hubiese muerto un gatito.

— Estoy pensando que esto se acaba Luis Alfonso. Mi experiencia Alicantina ha llegado a su final. Este tren ha llegado a término. Este tren ha llegado a la estación final de la vía y es hora de hacer transbordo.

— Ojú, luego decís que los gaditanos hablamos raro. Creo que te entiendo pero tú no te vas sin llevarte entre pecho y espalda una comida para recordar. Hoy va a llevar doble ración de cariño.

Alpha pensó que estaba en el día veintidós y que invertiría un día en viajar al nuevo destino. Tenía que decidir donde pasar los próximos nueve días. Ya que estaba en posición de elegir se había decantado por un mes de treinta y un días. Era momento de hacer la maleta y cambiar de aires. Pensó en cambiar la playa por la montaña, pero ¿dónde ir? Recordó que haría diez años que había ido con sus padres a Benasque a esquiar. Supuso que los Pirineos en agosto no tendrían nada que ver con lo poco que ella recordaba pero si algo estaba aprendiendo era que las cosas importantes están en todas partes, solo hace falta pararse y mirarlas.

Si hubiese tenido su móvil, podría buscar formas de llegar a Benasque, rutas, horarios de tren y autobús, consultar precios…pero tendría que hacerlo a la antigua. Dedicaría la tarde a ello. "Doña Olga, con mi móvil tendría esto resuelto antes de acabar de comer". Mirándolo por otro lado, tampoco tenía nada que hacer y las cosas ocurren constantemente a nuestro lado, a veces las vemos y a veces no, pero las prisas no son buenas. Al acabar la comida Luis Alfonso, con el café, le llevo una botella de Limoncello y dos vasos.

— Lo siento Alpha, he traído dos vasos por error. Si quieres puedes usar los dos.

Alpha miró la cara con la que se lo decía y pensó que debía ser cierto que algunos camareros son grandes psicólogos.

Un par de horas más tarde había cogido un billete de autobús hasta Zaragoza y otro Zaragoza – Benasque. La opción del tren no era válida. Si viajaba en el AVE su cuenta bancaria iba a recibir un fuerte mordisco y si lo hacía en otro tipo de trenes la experiencia podía eternizarse durante casi 18 horas antes de llegar a su destino.

Al día siguiente tendría que madrugar, pero no pudo resistirse a acercarse al paseo marítimo por última vez y presenciar la puesta del sol. La verdad es que se lo había pasado bien. Qué diferente de a todas sus otras vacaciones en familia o aprovechando un puente para viajar con una amiga. Qué lejos se sentía de todo lo que había sido su vida hasta entonces. Antes veía a las personas, ahora las miraba. Antes las oía, ahora las escuchaba. Hasta el mar que antes le gustaba, ahora la subyugaba. Esa dulzura del mar en calma, el suave sonido de las olas al rendirse en la orilla, eran la cara amable de un carácter fuerte y una fuerza incontenible. Eran el Yin y el Yang que hay en todas las cosas. Nada existe en estado puro, ni tampoco en absoluta quietud, sino en una continua transformación. Alpha pensó: *"más vale que te vayas a preparar la maleta que eso último te ha salido muy Taoísta"*. Si Lao– Tse levantara la cabeza se preguntaría quién es esa payasa que se permite destrozarme la filosofía china que implanté 600 años antes de Cristo".

24. El transbordo

Alpha llegó a la moderna estación de Delicias de Zaragoza. Algunos pasajeros andaban con prisas para coger otro autobús o un tren que los llevase a su destino final. Tenía una hora de espera hasta la salida del autobús a Benasque y se dedicó a deambular por el arcén. Era una estación moderna, pero al igual que le pasaba en todas, sintió una punzada de tristeza. No sabía por qué. Tal vez era por ver a esas parejas que acoplaban sus cuerpos, por última vez, en un lenguaje que solo ellos entendían, lleno de te quieros y desazones por la despedida. La lógica le decía que debía de verse compensado por la alegría de los reencuentros, pero no podía evitar sentir una sensación de nostalgia que le dejaba el alma fría. Desechó todos aquellos razonamientos y entró en el quiosco de prensa donde compró *El extraño caso de Harry Quebert* del autor Joel Dicker y del que ya había leído su anterior novela.

Intentó concentrarse en la lectura pero no lo consiguió y sentada en la cafetería de la estación dejó pasar la siguiente media hora, actualizando su cuaderno de viaje. Los renglones de su escritura tendían ese día a ser ligeramente descendentes lo que le indicó que su estado de ánimo no estaba en su mejor momento. Se dijo:

"Alpha tienes que venirte arriba. Cada día el viaje vuelve a empezar y seguro que te tiene reservadas nuevas experiencias.

Se acercó a la dársena n° 18 donde acababa de estacionar el autobús que la llevaría a su destino. Alpha vio que el equipaje de muchos de los viajeros eran mochilas coronadas por sacos de dormir y que no ocultaban piolets o bastones de montaña. Las minifaldas y los vestidos vaporosos habían desaparecido y las sandalias de tacón habían sido sustituidas por camisas de tela recia, pantalones piratas y botas de montaña.

A su alrededor, sentados en el autobús, un grupo de montañeros y montañeras hablaban del Pico Alba, el Tempestades, el Russell, Margalida... como sus siguientes objetivos a subir. Parecía que sus vacaciones eran subir cada día a uno de estos picos, todos ellos de más de 3000 metros, dejando para el último día la subida al pico más alto. El Aneto de 3404 metros era el soñado fin de fiesta para todos ellos. Alpha se enteró que después de coronar cada pico descendían a alguno de los refugios que estaban alrededor de los 2000 metros para pasar la noche y atacar otro pico a la mañana siguiente.

Tuvo la tentación de preguntarles el porqué de subir a todos esos picos, pero recordó las palabras de Hedmund Hillary cuando le preguntaron qué lo había impulsado a ser el primero en alcanzar la cumbre del Everest: *"Porque estaba ahí"*. En esos casos en que uno parece estar fuera del lugar que controla, más vale tener la boca cerrada y parecer tonta que abrirla y disipar toda duda. Les preguntó por si sabían dónde dormir en Benasque y le recomendaron el Hotel Avenida, en el centro del pueblo. Era un hotel pequeñito, familiar, con ambiente montañero y con un restaurante donde se podía comer y cenar muy bien. Alpha tuvo la suerte de que hubiese habido una cancelación en el último momento y pudo ocupar una habitación individual con cama de matrimonio. La madera primaba en las paredes y las vigas caravista en el techo. Sin lujos, pero práctico. Abrió la maleta sobre la cama y vio que salvo los vaqueros y algunas camisetas el resto de su ropa desentonaba en aquel lugar. Decidió ir de compras.

Entre las tres o cuatro tiendas con material deportivo de la calle, eligió una que ocupaba dos pisos y en la planta baja se exponía la ropa y el calzado. Eligió un pantalón de chándal azul oscuro, una sudadera y dos camisetas estampadas con motivos de montañas. Una de las camisetas le estaba más ceñida que la otra y los picos coincidían con los lugares dónde se le ajustaba más. Pensó que quizá alguno de aquellos aguerridos montañeros se fijase en ese detalle y quisiera conquistar las cumbres. Alpha se sonrió ante tal pensamiento. Estaba claro que su sentido del humor ya se estaba contagiando del lugar. Le pidió consejo sobre el calzado más adecuado a un joven empleado y acabó comprando unas botas para trekking, con refuerzo en el talón, los laterales y confeccionada en tejido Gore-tex que es impermeable, pero a la vez permite la transpiración de los pies.

— Entonces con estas botas ¿podré saltar en los charcos?

El joven o era muy profesional o no había entendido su broma, porque lo miró con cara de necesitar salir de la tienda a fumarse un cigarrito. Lo sintió por sus pobres deditos de sus pies, que habían pasado de la libertad de las sandalias con vistas únicas al horizonte, a la estructura rígida diseñada por ingenieros carcelarios de máxima seguridad.

Ya estaban cerrando las tiendas y regresó al hotel donde una ducha tranquila, para quitarse el polvo del camino, que dirían los escritores de viajes, le pareció la opción más gratificante.

Aquellos minutos dejando correr el agua por su cuerpo sirvieron para desentumecer su cuerpo de las largas horas de viaje en autobús y devolverle parte de la vitalidad perdida. Pensó que aquella noche quizá fuera la última en poder vestir como en la playa y optó por el pantalón vaquero ajustado, su blusa estampada en tonos verdes con pequeñas manchas rojas y las sandalias de medio tacón. Una coleta alta recogida al descuido, despejaban los laterales de su cara resaltando sus pendientes rojos. Notó el hambre y con un último vistazo al espejo, bajo a cenar al comedor del hotel.

El comedor era pequeño y Alpha se sentó a la mesa de uno de los rincones. En otro rincón diez montañeros y montañeras parecían mantener una animada conversación llena de anécdotas. A su derecha seis montañeras de entre 40 y 60 años hacían lo mismo. Dennise, la mujer de más edad del grupo, era delgada y fibrosa. Sus manos gesticulaban constantemente y parecían hablar por sí solas. Bajó la voz y dijo algo al grupo que provocó que todas miraran en su dirección. Dennise se levantó y se acercó a su mesa. En un español más que aceptable le dijo:

— Señorita, ¿está usted sola?
— Sí, acabo de llegar y todavía no conozco a nadie.
— ¿Nos haría el favor de cenar con nosotras? Nadie debería cenar sola.

— Con mucho gusto. Avec plaisir. Me llamo Alpha.

— ¿Parlez-vous français?

— Oui, bien sûr.

Dennise le presentó a Giselle, Isabelle, Jeaninne, Nicole y Sophie. Formaban parte de un grupo de montaña y de vez en cuando organizaban un viaje solo de mujeres. Al día siguiente irían al refugio de la Renclusa a pasar la noche para la mañana siguiente subir al Aneto. Estaban con los postres cuando Sophie, una mujer rubia de pelo rizado como una escarola que parecía la más joven de las seis, pegó un grito.

— ¡Joan!

Todas se levantaron al unísono y se abalanzaron sobre uno de los dos hombres que acababan de entrar al comedor. Lo abrazaron, lo besaron y Alpha pensó que alguna hasta repitió. Alpha y el otro hombre que lo acompañaba se quedaron mirando la escena, esperando que se pasase aquel momento de emoción incontenida. El tal Joan, las llamaba a todas por su nombre y parecía despertar en todas un amor maternal, como el que se profesa al hijo añorado en una larga ausencia.

— Chicas, no sé cómo lo hacéis o si habéis firmado un pacto con el diablo, pero cada día estáis más guapas.

— Flatteur –dijo Jeannine

Adulador, tradujo Alpha para sí misma. No se atrevía a romper aquella escena y presentarse a sí misma.

— ¿Quién es vuestra nueva amiga? — preguntó Joan.

— Soy Alpha y el anacronismo de este lugar.

La miró a los ojos.

— Me llamo Joan y luego hablaremos.

Alpha se preguntó que habría querido decir con eso. Ahora lo veía mejor. Debía ser un poco más alto que ella. Alrededor de 1 metro 80 centímetros, de complexión fuerte y musculado a tenor de los brazos que asomaban por la camiseta. No era especialmente guapo pero sus facciones angulosas le daban un toque atractivo. Le gustó como miraba a los ojos cuando se dirigía a una persona en concreto. Alpha le calculó unos treinta años.

— Bueno chicas, sentaos y escuchadme. Este compañero es Jordi y será vuestro guía en la ascensión al Aneto.

Inmediatamente se produjeron un montón de quejas al sentirse abandonadas por aquel hombre.

— Estoy recuperándome de una lesión de rodilla que me hice por no hacer lo que siempre os digo que hagáis. *Mirar hacia adelante.* No os preocupéis que Jordi es *un pata negra* y os cuidará mejor que yo.

Jeannine, que parecía ser la portavoz del grupo dijo con una sonrisa:

— Pero Joan, si tú sabes que subir al Aneto no nos importa. Nosotras venimos para estar contigo y dejarte que escales primero mientras nosotras te miramos tu… espalda.

Rieron todas con malicia.

— Jeannine, ¿quién es la flatteur ahora? No os preocupéis, pasado mañana por la tarde, cuando bajéis del Aneto, os estaré esperando en el refugio y os traeré en el 4x4 hasta el hotel. Cenaremos y nos iremos de fiesta.

Pasaron un cuarto de hora acordando la excursión que iban a hacer al día siguiente. Era un tres mil facilito, según decían. Querían estar en el refugio hacia las cuatro de la tarde y practicar la colocación de crampones en las botas, que necesitarían el día siguiente para atravesar el glaciar del Aneto.

Eran las diez de la noche cuando el grupo se levantó para irse a acostar. Al día siguiente iban a pasar a recogerlas a las 6 de la mañana. Alpha hizo ademán de levantarse, siguiendo la inercia de las demás, pero Joan le hizo un gesto con la mano a la vez que la decía:

— ¿Tienes unos minutos o estás cansada?
— Si algo me sobra son minutos. Solo llevo seis horas aquí y no conozco el pueblo ni lo que voy a hacer los próximos días. ¿Por qué has dicho que luego hablaremos cuando me he presentado?
— Me ha llamado la atención tu nombre. Eres la primera mujer que conozco que lleve en su nombre una promesa.

Alpha lo miró con cara de sorpresa, esperando una explicación a esa respuesta.

— Me gustó tu nombre. Alpha. Dos sílabas que componen un nombre con carácter propio. Es la primera letra del alfabeto griego y la que inicia el camino hasta la Omega, que sería el final. Todo inicio de algo es lo que es y lo que está por venir y eso es la promesa de un nuevo camino lleno de posibilidades. Como montañero nunca me puedo resistir a conocer un nuevo camino hasta el final.

Alpha estaba un poco desconcertada. No sabía si estaba intentando ligar con ella, pero le hablaba con total naturalidad.

Tenía que contestar algo. No sabía porqué, pero estaba nerviosa.

— Y todo eso lo has pensado en dos segundos y por eso has dicho que luego hablaremos.
— Sí claro, tu nombre me llamó la atención y conocer un camino que promete lleva tiempo.
— Hasta ahora todo lo que he visto está relacionado con mochilas y montañas. Ayer estaba tomando el sol en una playa. Mañana supongo que me calzaré las botas nuevas que me he comprado al llegar y me iré a algún monte a sentarme debajo de un árbol y leeré una buena novela que llevo en el bolso.
— No es mal plan, pero también se pueden hacer otras muchas cosas. Pero antes, satisfaz un poco mi curiosidad. ¿Qué te ha impulsado a abandonar la playa y dar un cambio tan radical?

Él permaneció todo el rato mirándola a los ojos mientras le pedía algo tan personal y lo hizo transmitiéndole la sensación que de verdad le interesaba su respuesta. Alpha pensó en hacerle un resumen breve del motivo de su viaje que el solo interrumpió para solicitarle alguna aclaración, lo que la obligaba a extenderse más en su relato.

— Curiosa mujer tu madre y curiosa mujer tú. Como titular o breve resumen está bien, pero detrás de eso hay una larga conversación pendiente.
— Ahora es tu turno. ¿Quién es Joan, aparte del encantador de francesitas?
— De encantador de francesitas, nada. Lo que pasa es que me conocieron con 26 años, recién llegado a Benasque y

fue uno de los primeros grupos que atendí como guía de montaña. Son unas adorables mujeres que una vez al año dejan a sus maridos, tambíén montañeros y se vienen a pasar unos días solas o como dicen ellas sin oír hablar de fútbol.

— Sí, pero ¿quién es Joan? ¿cuál es tu historia?

— Nací en Rupit, penúltimo pueblo de la provincia de Barcelona, junto a la provincia de Girona. Es un pueblo precioso de no más de 300 habitantes, libre de coches y al que se accede atravesando un puente colgante. Es un pueblo con encanto donde las casas son de ladrillo de montaña, los tejados de pizarra y las calles siguen empedradas. Me crie en el municipio de Vich y estudié ingeniería informática en Barcelona. Sin acabar todavía el último año de carrera, me fichó una de las empresas más punteras del sector y me ofreció un buen trabajo en Investigación y Desarrollo Aplicada. Trabajé un año para ellos. Dicen que nadie cambia de la noche a la mañana, pero creo que se equivocan. Uno se puede levantar un día y decir *ya no más…*

— ¿Y lo dejaste todo y te viniste aquí?

— En la vida hay un momento en el que tienes que decidir *si vivir mirando lo que ves o viendo lo que te hacen mirar.*

— Permíteme que haga mías tus palabras. Curioso, Joan. Como titular resulta muy interesante, pero detrás de eso hay una larga conversación.

— Ahora que nos conocemos un poco más y no tienes planes hechos, te propongo que pasemos mañana el día juntos. Si no te importa madrugar mañana te llevaré a vivir una de las mejores experiencias donde se mezcla la naturaleza y el ser humano. Esto ocurre cada mañana al salir el sol. Te presentaré a algunas personas que te encantarán y así podremos tener esas conversaciones que tenemos pendientes.

— ¿A qué llamas tú madrugar?

— A las seis te recojo en la puerta del hotel. Tardaremos veinte minutos en llegar y veinte minutos después, coincidiendo con la salida del sol, verás un milagro que solo se produce aquí.

Se despidieron con un fuerte apretón de manos que tuvo más de firma ante notario que de acción protocolaria. En aquel momento recordó que no había cumplido con la obligación de llamar por teléfono y dar la nueva dirección y el teléfono donde se la podía localizar. La verdad era que llevaba varios días sin acordarse de su madre. Esperaba que su madre no tuviese poderes psíquicos porque si no, en este momento estaría sintiendo una punzada de dolor en el corazón.

Mientras se desnudaba y se ponía el pijama, pensó en Joan. La verdad es que la primera impresión que tuvo al verlo no fue especialmente buena. No sabía si era, por aquella reacción tan efusivamente cariñosa que provocó en sus compañeras de mesa o porque las playas están llenas de hombres más guapos que él. Después había dicho un par de cosas que lo habían hecho interesante y había cambiado su percepción al mirarlo. Ahora tenía en su memoria la imagen de una persona que vale más por lo que oculta que por lo que enseña.

El cansancio se le hizo presente de golpe, se acostó y apagó la luz.

25.   La salida del sol

Entre 80 y 100 personas se estaban reuniendo en aquel lugar, en medio de ninguna parte. Todavía la noche gobernaba el espacio, pero la luz empezaba a asomar detrás de las cumbres orientadas al este.

Casi no se oían conversaciones. Las personas fueron buscando un lugar donde sentarse y esperar.

— Joan, ¿qué hacemos aquí? ¿Qué va a pasar?
— Mejor no te lo cuento. Simplemente vive el momento con todos tus sentidos bien despiertos.

Joan colocó una pequeña manta en el suelo que los aislara del rocío de la noche. Se sentó y le indicó que se sentase entre sus piernas mirando ambos en la misma dirección. Se cubrieron con la otra manta que llevaba enrollada en el interior de su pequeña mochila. La rodeó con sus brazos y Alpha notó el calor que irradiaba su cuerpo.

En aquel momento apareció un jinete montando un caballo blanco. De un salto desmontó y por un momento Alpha pensó que aquello no podía ser real y todo formaba parte de un sueño. El jinete pelirrojo de larga barba era la persona más grande que Alpha había visto en su vida. Aquel hombre montaña iba perfectamente vestido con el kilt escocés y llevaba una gran gaita escocesa que pensó debía estar hecha a medida. Joan le susurró al oído:

— Bryan pertenece al Clan Wallace, uno de los símbolos de Escocia y que interpretó Mel Gibson en la oscarizada película Braveheart. Cada clan tiene un dibujo y unos colores especiales para la falda y que solo pueden llevar sus miembros.

Con solemnidad pasó entre los asistentes que habían formado un pasillo, seguido dócilmente por su caballo, hasta una gran piedra de tres metros de altura. Con sorprendente agilidad trepó hasta la alta piedra. Joan le susurró al oído

— Cierra los ojos, escucha la música de la gaita, siente los primeros rayos del sol y el suave movimiento del aire en tu cara. Siente quién eres y que formas parte del lugar donde estás.

Alpha veía la silueta del escocés recortada al trasluz de la claridad que iba ganando la batalla del amanecer.

Todo el mundo esperaba que se produjera un día más el milagro y de repente, el primer rayo de sol, cubrió la montaña. Otro milagro consiguió que aquellas dos grandes manos como zarpas de oso, extrajeran las más hipnóticas notas de aquella gaita. Alpha reconoció que la música era Flower of Scotland. El sol, el aire, el ambiente y aquella gaita sonando, amalgamando todo aquel momento, hizo que Alpha tuviese un estremecimiento debajo de la manta. Joan la abrazó más fuerte. Las personas que estaban asistiendo a aquella representación parecían no atreverse ni a respirar fuerte por miedo a romper aquel momento mágico. El bello caballo blanco que había permanecido quieto mirando al amanecer, inclinó sus patas delanteras y agachó la cabeza en lo que pareció una reverencia al sol naciente.

Bryan saltó ágilmente de la roca y su caballo se acercó a él para acariciarlo con la lengua. Alpha juraría que a aquel caballo se le habían saltado unas lágrimas. Bryan vio a Joan entre los asistentes y se dirigió hacia él con una gran sonrisa y sus grandes brazos abiertos. Alpha vio desaparecer a Joan rodeado de aquella montaña de hombre.

— ¿Qué es de tu vida, pequeño cacahuete? Hace semanas que no venías para que desayunáramos juntos.
— Escocés de los cojones. Ya sabes que solo vengo a verte cuando quiero que me destroces la columna vertebral.

Bryan soltó una carcajada que debió de resonar en todo el valle. Alpha pensó que podía ser un gran Papá Noel pelirrojo, pero solo cabría por la chimenea de una fundición.

— ¿Me vas a presentar a esta bella mujer que te acompaña o se te han olvidado las buenas maneras de niño pijo de ciudad?
— Alpha, este es… Bryan. No sabría cómo definirlo. Ya lo irás conociendo.

Alpha pensó que iba a ser devorada cuando lo vio inclinarse hacia ella. Cerró los ojos y notó el suave roce de dos besos en sus mejillas y una caricia en la mano. Aquel fiero oso parecía que estaba relleno de peluche.

— Como supongo que ahora toca almorzar, ¡Robert, a desayunar!

El caballo como movido por un resorte, relinchó y comenzó a galopar por un camino. Mientras los tres se montaban en el 4x4 Alpha preguntó:

— ¿El caballo sabe dónde vamos? ¿Le has puesto de nombre Robert?

— Si señorita, no solo sabe dónde vamos si no que en un par de minutos estará eligiendo el menú para nosotros. Efectivamente se llama Robert en homenaje a Robert de Bruce que dirigiendo a los escoceses en 1314 en la batalla de Bannockburn envió al orgulloso ejercito del Rey Eduardo II de vuelta a su casa, a que se lo volvieran a pensar. Esta historia cuenta la letra de la música que has oído y que interpreto cada mañana con el primer rayo del sol.

Joan, mientras conducía el todo terreno, miraba por el retrovisor las caras de sorpresa de Alpha y sonreía.

— Alpha, ten en cuenta que donde hay un escocés está Escocia y los escoceses tenemos tres religiones: La gaita, el rugby y el wisky y como mínimo hay que rezar en dos de ellas a diario.

Con voz baja, Alpha se atrevió a decir:

— Desde luego, en ese cuerpo te cabe Escocia entera.

— Joan, ¿dónde has encontrado esta perla? Primero la cebaremos con un gran almuerzo y luego se la daremos de comer a los osos.

Los tres reían con ganas cuando llegaron al bar. Robert en cuanto los vio llegar, se les acercó llevando en la boca un cubo de metal con varias zanahorias.

— Robert, te presento a Alpha.

El caballo hizo una reverencia como la que le había dedicado al sol.

— Toma Alpha, —dijo acercándole el cubo—, vete dándole las zanahorias y habrás hecho un amigo para toda la vida.

Se sentaron a ambos lados de una mesa corrida hecha de tablones gruesos de madera. Enseguida llegaron tres platos combinados con dos huevos fritos, un chorizo asado, dos chuletillas de cordero, una patata cocida y unos pimientos de Padrón.

La conversación fue muy amena y divertida y Alpha pudo enterarse que Bryan había sido durante 15 años un alto ejecutivo de una multinacional con sede en Londres. Que un día lo dejó todo y cambió los trajes de lana virgen escocesa confeccionados por los mejores modistos, por pantalones y camisas de leñador. La limusina por montar en Robert y las reuniones de empresa por tocar la gaita al amanecer. Alpha llevaba todas las vacaciones sin reloj y preguntó:

— ¿Qué hora será?

Los dos a la vez dijeron:

— Las siete y media

Alpha resistió las ganas de preguntar cómo lo sabían porque ninguno llevaba reloj y en las paredes del bar tampoco se veía ninguno. Bryan preguntó:

— ¿Dónde vais a ir hoy?

— Nos acercaremos al Ibón de la Renclusa —dijo Joan. Es una caminata tranquila y el lago rodeado por montañas es precioso y seguro que te gustará, Alpha.

— Joan fíjate si ves al macho cabrío viejo que suele descansar en la otra orilla del lago. Las dos últimas veces que he estado por allí no lo he visto y ya sabes lo que le gusta tumbarse al sol cerca del agua. Ya está muy viejo.

— No te preocupes. Si damos la vuelta al lago miraré si hay huellas de que haya estado allí y ya te diré.

Bryan se levantó a por una botella de wisky y tres vasos. Joan aprovechó para decirle a Alpha que se bebiese lo que iba a poner Bryan en los vasos o este se lo tomaría como una ofensa. Brindaron chocando los vasos y se bebieron los chupitos de un trago. Joan miró la cara de Alpha pero aunque le notó que le estaba quemando el líquido según bajaba por el esófago, mantuvo el tipo haciendo asomar una sonrisa. Alpha tiró del lema de las Villanova, *antes muertas que quejarse* y dijo:

— Si el wisky es una religión, yo soy muy pecadora y quiero rezar otra vez.

— ¿Ves cacahuete? ésta es una mujer con buen gusto, no como tú que te tuve que enseñar a beber.

— ¿Cuánto hace que os conocéis?, preguntó Alpha.

— Hará cinco años o así, ¿no Joan?

— Más o menos. Una mañana fui a ver salir el sol y apareció este señor maltratando una gaita y me enamoré de su caballo.

En aquel momento Robert relinchó.

— Ya te ha oído y se está descojonando. En fin Alpha, que Joan es mi amigo, pero si no te convence, tengo otros mejores.

Un rato después, pusieron fin a aquel almuerzo. En cuanto salieron del bar Robert vino galopando a hacerle carantoñas a Alpha.

— Ya te dije que harías un amigo para siempre. El jodido se vende por una zanahoria.

Robert era un caballo de gran envergadura como no podía ser de otra manera para soportar el peso de Bryan. Joan y Alpha los vieron alejarse.

— He estado a punto de tirar un tenedor al suelo para agacharme a recogerlo y mirar por debajo de la mesa.
— Celebro que no lo hayas hecho. Hubieses sido la última de un millón de mujeres que se han hecho la misma pregunta y han tirado el mismo tenedor.
— Jo, Joan, dímelo. ¿Que llevan los escoceses debajo del kilt? Tú tienes que saberlo.
— Alpha, ya te dije que soy de Rupit y los de allí sabemos guardar un gran secreto.
— Arrggg… ¡Hombres!

Joan se quedó mirándola mientras la veía dirigirse al coche. Estaba claro que era una mujer con temperamento.

26.   Las respuestas están flotando en el viento

Llegaron al refugio de la Renclusa que estaba casi vacío de montañeros a esa hora. Alpha se enteró que es el lugar preferido para pasar la noche y al día siguiente subir a la cumbre del Monte Aneto. Por lo visto, los distintos grupos provistos de linternas frontales empiezan a subir hacia las cinco de la mañana por lo que en aquel momento solo estaba ocupado por los responsables del mismo. Alpha asistió a otra escena de abrazos y celebraciones en cuanto Joan entró. No sabía si estaba acompañando al montañero más popular de los Pirineos pero a veces se sentía como una groupie de un cantante de rock.

Joan entró en la cocina y pidió los almuerzos para llevar. Los metió en la mochila y sacó un bastón telescópico que le dio a Alpha.

— Siempre viene bien. Ayuda a caminar y a subir en altura.

Saliendo del refugio cogieron un camino a su izquierda.

— ¿Vamos muy lejos? - preguntó Alpha.
— Llegaremos en una hora y el desnivel no supera los 125 metros. Es un paseo agradable hasta llegar al lago. Te gustará. Está rodeado de montañas que se reflejan junto

con el azul del cielo en la superficie del agua tranquila. Si sientes que las botas te rozan avísame y te ponemos unos apósitos para que no vaya a mayores.

— Mis pobres pies han pasado en dos días de ser acariciados suavemente por la arena de la playa a ser prisioneros de estas botas. Por cierto, Joan, me tienes que llevar a un charco. Me dijo el vendedor que son impermeables y quiero saltar en uno. Cuando era niña mis padres no me dejaban chapotear en los charcos y eso me frustró - dijo Alpha poniendo cara de niña traviesa.

El camino no exigía un gran esfuerzo y tuvo el aliciente de tener que atravesar un riachuelo que era el aliviadero natural del lago donde iban. Como estaban a finales de agosto, con el deshielo, bajaba más caudaloso de lo habitual. Lo sortearon saltando de piedra en piedra y Alpha encontró uno de las utilidades al bastón.

— Ya sé para qué sirve también el bastón. Para no perder la dignidad. Hace un momento casi resbalo y me hubiese caído de culo en medio del riachuelo.

— Es una forma de verlo. Eso sí que te hubiese hecho sentir frustrada. — dijo Joan enmarcando una sonrisa — Nos saldremos del camino para que la primera visión que tengas del lago sea más espectacular.

Alpha lo seguía y vio que Joan había acelerado el paso. Aquella era piedra escarpada que a veces le exigía usar las manos para agarrarse y sentir más seguridad. Joan parecía uno de esos perros antidroga que se ponen más nerviosos y corren más según se van acercando al alijo. Ella intentaba seguir su ritmo, pero la respiración se le estaba agitando y boqueaba como pez fuera del agua. Lo vió llegar a un punto entre dos grandes piedras y abrir los brazos en cruz como el Cristo del Corcovado.

Alpha pensó: "Maldito seas Joan, espero que ahí arriba haya un buen sofá donde tumbarse".

Por fin llegó a su altura e iba a lanzarle una pullita cargada de malévola intención cuando miró el paisaje. A sus pies, un lago liso como un espejo se entretenía en reflejar los colores azules, verdes y terrosos en su más amplia gama de tonos. La vista era magnífica. Apoyada con ambas manos en el bastón, intentaba recuperar la respiración. Su tórax se hinchaba completamente intentando aspirar la máxima cantidad de oxígeno posible. Miró a Joan y parecía haber subido en ascensor. Estaba sudorosa y el parecía recién salido de la ducha. Joan le dijo:

— Es tradición en la montaña que cuando se llega arriba los miembros de la escalada se abracen.

— No quisiera ser señalada con el dedo por romper esa tradición.

Joan la abrazó y mantuvo el abrazo. Alpha levantó la cabeza y lo miró. El la besó mientras ella pensaba: "eso, encima quítame el poco aire que me queda". Sin embargo dijo:

— ¿Estás seguro que la tradición no dice que tienen que ser dos besos?

Joan la volvió a besar y esta vez pareció que ninguno de los dos tenía prisa en deshacer el abrazo. Pensó que besaba muy bien. Era dulce pero firme. Muy distinto de algunos compañeros de Universidad que cuando te besaban parecían querer operarte de amígdalas.

Debía ser cerca del mediodía y Joan la propuso bajar hasta el lago. El sol calentaba con ganas y ninguna nube en el cielo auguraba que fuese a dar un respiro.

— Podemos bañarnos - le dijo Joan.

— No he traído traje de baño.

— Yo tampoco - se rio Joan descaradamente.

En aquel momento, Joan la paró, se puso un dedo en mitad de los labios y señaló un lugar con su brazo. Le susurró:

— Mira hacia allí. Hay dos crías de cabra montesa con su madre dirigiéndose a beber al lago. A la derecha, encima de aquel peñasco está el macho controlando la escena.

— El macho parece enorme y vaya cuernos tiene.

— Pesará 100 o 110 kilos. Esperaremos un poco hasta que beban y luego vuelvan a subir hasta los riscos.

— Esto es mejor que el National Geographic.

Minutos mas tarde llegaron hasta el borde del lago. Alpha metió la mano en el agua y la sacó rápidamente.

— ¡Está helada!

— Pues yo si me voy a bañar. La sensación que sientes cuando sales del agua es fantástica.

— Si claro y si te pillas la mano con una puerta repetidas veces, la sensación cuando dejes de pillártela también será fantástica, pero ¿qué necesidad hay?

— Joan se desnudó rápidamente y riéndose le dijo:

— Pensé que las Villanovas erais más duras.

— Serás…

No le dio tiempo a terminar la frase, porque Joan ya se había zambullido en el agua helada y nadaba hacia el centro del lago con enérgicas brazadas.

Alpha creía que era imposible mejorar la belleza de aquel paisaje, pero para su sorpresa vio que la fauna de aquel lugar mejoraba el entorno por momentos. No era una experta en la Naturaleza, pero observó que el macho que se acababa de meter al lago estaba completo y bien dotado para la llamada de la selva. Alpha sintió una humedad entre sus piernas.

Lo vio dar la vuelta y volver hacia la orilla. Mientras salía del agua lo pudo observar con más detenimiento. No presentaba músculos extraordinariamente definidos como los que se fabrican en los gimnasios, pero transmitía una sensación de solidez pétrea. Alpha pensó que con una larga barba y un tridente en una mano, podía ser la viva imagen de Poseidón abandonando su reino.

El sol calentaba fuerte y no había ninguna nube en el cielo que presagiase un poco de clemencia, así que se refugiaron a la sombra de unos pocos árboles que crecían a aquella altura. El silencio, el madrugón a las cinco de la mañana para ver salir el sol y el esfuerzo de la subida hasta el lago, produjeron que Alpha se quedara dormida. Cuando despertó una mano de Joan le acariciaba el pelo.

— ¡Qué tranquilidad! – dijo.
— Sí, es un buen lugar para pensar y hacerse preguntas. Como decía una canción de los sesenta: "Las respuestas están flotando en el viento"

Alpha pensó que no era tanto lo que decía sino como lo decía. Su voz era la nota musical perfecta en la grandiosidad de aquel espacio. El contacto físico de la hierba y las piedras la hacían tener un sentimiento de pertenencia a aquel lugar. Alpha creía captar lo que le decían la tierra, el agua, el aire. Allí, el tiempo no tenía ningún valor. Un segundo era igual al anterior y no se esperaba nada de él. Hasta allí no llegaban los problemas diarios, ni las necesidades que la sociedad nos impone para ser felices. Era la felicidad que emanaba de la más pura sencillez. Solo eras un ser humano vestido o desnudo, en su medio natural, dejando pasar el tiempo mientras acaricias a la persona que está al lado y sabiendo que todas las preguntas tienen su respuesta flotando en el viento.

— Creo que podría acostumbrarme a vivir así.

Joan intuyó que era un pensamiento dicho en voz alta y lo respetó con un silencio. Estiró un poco el cuello para darle un beso en la mejilla. Alpha giró la cabeza para ofrecerle sus labios entreabiertos que él supo acariciar con dulzura.

Oyeron ruido de botas y voces que se acercaban por el camino que discurría cerca de donde se encontraban tumbados. Un grupo de montañeros en fila los fueron saludando según pasaban. Joan intercambió algunas frases con ellos. Alpha entendió que iban a algún lugar donde se pudieran refugiar porque Joan los despidió diciendo:

— Os dará tiempo a llegar antes de que empiece la tormenta.

Alpha miró al cielo y no vio ni la más pequeña nube hasta donde alcanzaba la vista.

— ¿Has dicho que va a llover?

— De aquí a hora y media y casi seguro que con aparato eléctrico, así que vamos a comer algo y volvemos al refugio.

— Si no hay una nube. Me estás tomando el pelo.

— Hazme caso. Si no salimos en 20 minutos llegarás al refugio como en uno de esos concursos de "miss camiseta mojada" tan frecuentes en las playas.

Lo dijo tan serio y convencido que Alpha estaba segura que aunque tuviese que bailar la danza de la lluvia de los indios cherokees, esa tarde iba a llover. Le dieron ganas de gritar:

"Cielo, entérate, hoy vas a llorar", lo ha dicho Joan.

Un bocadillo de tortilla de patatas con pimientos verdes y un café caliente del termo que llevaba en la mochila devolvieron a Alpha la energía consumida.

Caminaba tres o cuatro metros detrás de Joan, cuando teniendo a la vista el refugio oyó el primer trueno. En los últimos veinte minutos el cielo se había cubierto de nubes, la intensidad de la luz había descendido notablemente y Alpha vio el resplandor del primer rayo caído en el valle de al lado. Joan la miró y aceleró la marcha llegando a la entrada de la Renclusa a la vez que notaban las primeras gotas de agua sobre su piel. Si Joan fuera su madre diría aquello de *"me encanta que los planes salgan bien"*.

Media hora más tarde, la tormenta, que había descargado con fuerza y les había regalado con diez o doce rayos con sus atronadores truenos, pareció abandonar el valle.

Aquella noche cenaron en el restaurante del Hotel Avenida. Alpha pensó que solo hacía 24 horas que se habían conocido en aquel mismo lugar. *¿Cómo era posible que hubiera vivido tantas experiencias diferentes en un solo día? ¿Cómo explicaría en su cuaderno de viaje lo que había sentido al salir el sol, abrazada bajo aquella manta, mientras Bryan llenaba el valle con las notas de su gaita? ¿Cómo describir a Bryan y su caballo blanco que lo mismo hace una reverencia que elige un menú? Y sobre todo, ¿cómo explicar lo a gusto que estaba al lado de aquel hombre, al que había besado en dos ocasiones y en ambas se había quedado con ganas de más?*

La cena estuvo acompañada de una agradable conversación en la que Alpha llevó la mayor parte como le pasaba siempre que estaba nerviosa. Joan la escuchaba con atención y solo la interrumpía para hacerle alguna pregunta que le daba pie a seguir hablando. Él la miraba como se mira un solo cuadro en una estancia vacía con las paredes pintadas de blanco. La hacía sentirse halagada y a la vez nerviosa. Parecía estar tan seguro de sí mismo. No le había escuchado decir ni una sola palabra para impresionarla. Era tan diferente de sus compañeros de Universidad. Tuvo la misma sensación del día anterior. Joan valía más por lo que callaba que por lo que decía, pero lo que decía era tan bonito…

En aquel momento Joan le cogió una mano y le dio un beso en el dorso.

— ¿Qué te ha parecido el día hasta ahora? ¿Te esperabas algo así?

Había dicho hasta ahora. *¿Eso quería decir que la cena no era el punto y final del día?*

— Ha sido una grata sorpresa. La verdad es que según venía en el autobús casi me iba arrepintiendo. Me empecé a sentir fuera de lugar. Has hecho que sea un día para recordar. Casi todo el rato he estado hablando yo. ¿A qué te dedicas?

— A vivir de mis hobbys. Como te conté ayer, soy ingeniero informático, pero un día dejé la empresa donde trabajaba y me vine a vivir a la montaña que era uno de mis hobbys. A eso añadí la fotografía de la Naturaleza que es mi otra pasión. Realmente vivo de la fotografía para revistas de naturaleza, viajes o especializadas. En el tiempo que estoy aquí hago de guía de montaña. Es la forma de conocer gente de muchas partes del mundo y de tener amigos repartidos por cientos de sitios. Ten en cuenta que la fotografía me obliga a estar tres o cuatro meses fuera de mi casa y hay viajes que pueden ser muy solitarios. Pasar quince días en la selva tropical del Amazonas puede no ser tan glamuroso como aparece en la National Geographic. A veces sacar una de esas fotografías que aparecen en la revista ha podido costar sangre, sudor y cien picaduras de un gran montón de especies. Por eso pasar un día como hoy es tan gratificante para mí como lo ha podido ser para ti. Hacer lo que quiero, cuando quiero y acompañado por quien quiero, me hace feliz.

— Lo explicas y parece sencillo, pero se me ocurren cien razones para que no te hubiera salido bien.

— Basta con saber lo que quieres y no tener miedo al fracaso. Es como ahora, que quiero decirte que no me gustaría que este día terminase después de esta cena. No sería feliz volviéndome a mi casa, reprochándome no haberte dicho lo mucho que me gustas y lo a gusto que estoy a tu lado.

— ¿A qué esperas para besarme? Así ganaré tiempo para pensar.

Alpha cogió la llave en la recepción. Cuando abrían la puerta de la habitación pensó en guardar su cuaderno de tapas rojas en el cajón de la mesilla. No quería tener testigos de lo que allí iba a ocurrir.

27.   Joan y Alpha en el pueblo

Se bajaron del todo terreno frente a un restaurante que ocupaba una casa de tres pisos, de construcción típica pirenaica. Paredes de piedra, ventanas recuadradas con pintura blanca que las destaca y tejas de pizarra. Pasaron bajo las dovelas de piedra de un arco de medio punto y accedieron al local. Nada más entrar se oyó un grito.

— ¡Jordi, Edu, venir que ha venido *el nen*!

Aquella mujer, bien entrada en la sesentena, se abalanzó a abrazar y besar a Joan como si este fuera a escaparse. De la cocina salieron dos hombres con delantales de cocineros que pasando de la mano que les tendía le abrazaron efusivamente. Joan presentó a Alpha que presenciaba con curiosidad aquellas demostraciones de afecto.

— Cada vez te dejas ver menos, Joan. La última vez hará más de dos meses.
— Anda y volved a la cocina y a ver si conseguís darnos de comer sin quemar algo por una vez.
— Nen, tú sabes que el regustito a carbonilla es la marca de la casa.
— Os voy a poner en uno de los rinconcitos más agradables para que comáis tranquilos y luego si no tenéis prisa

echamos una charleta -Dijo Teresa -. Alpha, ¿comes de todo o eres alérgica a algo?

— Como de todo y me gusta todo, a veces hasta demasiado.

— Os voy a traer un vino para que lo probéis. Es de unos chicos que están haciendo una apuesta casi artesanal con uvas del Priorat. Son chavales jóvenes, entusiastas y educados y en el peor de los casos, solo podéis morir una vez.

— Supongo que Teresa es tu madre y Edu y Jordi tus hermanos

— Supones mal. Hasta que no vine a vivir aquí no nos conocíamos de nada.

— ¿Por qué te llaman *nen*?

— Es catalán y significa *niño*. Soy más joven que ellos y es gente muy cariñosa y les caigo bien.

Alpha tuvo la sensación de que no le estaba contando toda la verdad.

— ¿Aquí que se come? Supongo que asados por el olor.

— Aquí se come bien. Es el único lugar donde nunca he tenido que pedir lo que quiero. El restaurante es famoso por sus tortillas de patatas. De hecho, si quieres comer tortilla de patatas tienes que llamar por teléfono 48 horas antes. Si no la encargas no hay, ni te la hacen. Hay gente que hace más de 100 kilómetros para probarla.

Teresa apareció llevando una tabla de embutidos y quesos de la zona cortados en pequeñas porciones para poder degustar todas las variedades.

— Alpha, ¿conoces mucho al *nen*? Siempre viene solo, aunque luego una se entera de cosas. En la montaña no hay secretos.

— Teresa, tú sabes que quiero tanto a mis amigos que no os voy a presentar a cualquiera. Alpha es especial.

— ¡Qué fino es el jodido! Que mi difunto Rogelio me perdone, pero si yo tuviera 30 años menos, no te me escapabas ni subiéndote a las rocas.

— Vas a hacer que me sonroje.

— *Nen* que te conozco. Luego vuelvo.

Hablaron animadamente mientras comían. Alpha le contó la sensación que tuvo de niña pija en lugar equivocado cuando se bajó del autobús. Ella, su faldita blanca, su blusa de vivos colores y sus sandalias de taconazos arrastrando su maleta de color rosa y llevando su gran bolso de viaje con un llavero de Hello Kitty colgando de la cremallera. Rodeada de mochilas, de sacos de dormir y bastones para caminar, toda ella era un anacronismo. Solo con contarlo Alpha se ruborizó.

Joan la miraba con una sonrisa.

— Jo, no me mires. O al menos no me mires así —dijo Alpha.

— ¿Cómo quieres que te mire?

— Te me quedas mirando con esa sonrisa y no dices nada.

— Te estoy escuchando.

— Pues no me escuches. Bueno sí, escúchame, pero es que me pones nerviosa. Y no me preguntes porqué me pones nerviosa.

— Vale, prometo que te miraré sin mirarte, te escucharé sin escucharte y te besaré como ahora, sin besarte.

— ¡Ah, no! Besarme si puedes, siempre que quieras.

— En ello estaban cuando entró Teresa en el reservado trayendo dos pinchos de tortilla de patatas humeante, recién cuajada y un brazuelo de cordero asado con pimientos.

— Chicos, la comida ya viene caliente, no hace falta que le echéis más leña al fuego.

— Teresita, con esto que has traído nos vale. Te conozco y siempre que vengo quieres cebarme.

Media hora más tarde, cuando estaban con el café, entró Edu con unos vasitos y una botella de licor de hierbas.

— ¿Qué cuentas Joan? Vienes poco y la última vez que viniste yo no estaba. Creo que la secuencia del águila pescadora perdiendo la trucha y volviendo a atraparla en pleno vuelo te la han publicado en todo el mundo.

— Ya sabes, cuestión de suerte. Esta vez me tocó estar en el lugar adecuado en el momento preciso, lo demás lo hizo el águila. Disculparme que voy al servicio.

— ¿Hace mucho que lo conoces Alpha?

— Tres o cuatro días.

— O sea que no tienes ni idea de quién es, porque seguro que él no te ha dicho nada.

— Solo se que es guía de montaña, que se gana la vida haciendo fotos y escribiendo artículos para revistas especializadas y que la gente lo aprecia mucho.

— Solo te diré una cosa, el resto que te lo cuente él cuando quiera. Mi hermano le debe la vida, así que esta familia y otras muchas le estaremos eternamente agradecidos.

— Cuéntame.

— Mi hermano José Luis sufrió un accidente muy grave en la montaña un día de invierno que se volvió infernal. Joan se enteró, cogió la mochila que siempre tiene preparada y se unió a tres guardias civiles de la patrulla de rescate. Joan se accidentó durante el rescate, pero no dijo nada para no comprometer más la situación. Siguió tirando de camilla atravesando el glaciar bajo una de las peores ventiscas que hemos tenido nunca. El resto del equipo de rescate ni se enteró. Solo se quejó cuando mi hermano estaba dentro de la ambulancia, la cual acabó llevando a los dos al hospital. Dos horas después los dos estaban en quirófanos, siendo operados. Mi hermano para disminuir la presión de una vértebra sobre la médula espinal y él para recomponerle la cápsula donde se articula el húmero. Es más duro que el granito.

— Supongo que de ahí viene la cicatriz del hombro. ¿Sabes lo que me dijo cuando le pregunté? Que había sido un accidente de la infancia. Será cabrón y mentiroso.

Oyeron las voces de Teresa y Joan acercándose.

— Me ha dicho Joan que la tortilla solo la hacéis por encargo.

— Te cuento. Hace quince años los hermanos decidimos poner un restaurante y doña Tere, aquí presente, puso como condición que ella no pensaba hacer una sola tortilla de patatas más en su vida. Así que enseñó a una persona que venía a hacer las tortillas el día que había encargadas.

El boca a boca se fue extendiendo y todo el que se iba sin probar la tortilla, volvía y además lo comentaba con sus amigos que también venían. Ahora hacemos muchas tortillas todos los días y esa persona está fija en la empresa pero seguimos manteniendo esa peculiaridad. Fue el marketing más barato y más eficaz que podíamos inventar. Todo gracias a que Doña Teresa estaba hasta las narices de que sus cinco hijos le pidieran todas las noches tortillas para cenar. Hasta de Barcelona que son casi tres horas de viaje, han venido. Eso dice mucho del ser humano. Cuanto más difícil nos lo ponen, más lo queremos.

— Bueno Alpha, tenemos que irnos. Hoy es jueves y tengo que pasar por un sitio.

En cuanto los dejaron solos, Joan sacó unos billetes de la cartera y los dobló dejándolos debajo de la botella de licor. Solo dijo:

— Nunca consigo que me cobren. Vámonos.

Un cuarto de hora más tarde, aparcaban frente al Molly Malone. Joan cogió un paquete de tabaco de la guantera y un mechero.

— No sabía que fumaras.
— Y no lo hago. Luego te explico.

Alpha vio que era un pub de decoración típicamente irlandesa. Madera por todas partes y anuncios de cervezas decorando las paredes. Un joven detrás de la barra los atendió.

— Cillian, dos chupitos de licor de hierbas, por favor.
— Joan, ahí tienes a tu amiga la chiflada. En el rincón del fondo, como siempre.

— No es ninguna chiflada y se llama Laurence. ¿Por qué no pruebas un día a preguntarle su nombre? Vamos a sentarnos, Alpha. Tengo que hablar con una persona que está en este bar. Lo mismo puede durar cinco minutos que una hora, así que tengo que dejarte. Si tardo y te aburres luego voy a buscarte al hotel y te lo explico todo.

Alpha lo siguió con la mirada. A aquellas horas el local estaba casi vacío. Lo vio sentarse en la mesa del fondo, donde había una mujer que levantó la vista de su cerveza. Vio como le ofrecía un cigarro y ella pareció dudar antes de aceptarlo. Los dos fumaban y Alpha hizo por desentenderse de la escena.

En la pared de su derecha, un cartel en blanco y negro, era el dibujo de un marinero de larga barba cana, parche pirata en el ojo y que fumaba de una pipa. Una leyenda escrita debajo decía: *"My heart is hot at sea"* que tradujo como *"Mi corazón está en el mar"*. Alpha empezó a fantasear y a preguntarse ¿qué habría llevado a aquel isleño irlandés a atracar su vida en aquella montaña? Pensó que:

> *"Detrás de cada persona que se cruzaba en su camino había una vida interesante. Hasta que había comenzado aquel viaje todas las personas parecían tener historias planas. ¿Qué había cambiado? No era cuestión solo de tener más tiempo libre. Tenía la sensación de haber vivido en aquellos veintitantos días más cosas que en el último año. Era ella la que había cambiado su forma de mirar y de escuchar y eso la agradaba. Esperaba que fuera para siempre".*

Aquello tenía pinta de irse a prolongar en el tiempo y decidió pedir otro licor y darle conversación al camarero.

— Cillian, creo que te llamó Joan, ponme otro chupito y cóbrame también lo de aquella pareja del fondo – dijo señalando a Joan y Laurence.
— La amiga de Joan no deja que la invite nadie. Ni que la inviten, ni que se acerquen.

Alpha pensó que era una descortesía entrar a ese trapo de chismorreos y esperó a preguntarle a Joan cuando acabase aquella conversación. Más que una conversación, por el lenguaje corporal, parecía un monólogo. La mujer apenas parecía despegar los labios y cuando lo hacía debían de ser frases muy cortas o monosílabos.

— Cillian, ¿de dónde viene el nombre de Molly Malone?
— Es el título de una canción. Habla de una hermosa pescadera que por el siglo XVII vendía berberechos y mejillones por las callejuelas de Dublín. Realmente no hay constancia de que existiera, pero ya sabes que históricamente alrededor de los puertos siempre trabajaban multitud de prostitutas que desfogaban a los rudos marineros. Esta Molly Malone debía ser una mujer de grandes encantos que ejercía ambas profesiones. Pescadera de día y prostituta de noche. La canción se hizo tan popular que hoy es el himno no oficial de la ciudad de Dublín.

Alpha observó que empezaba a haber movimiento en la mesa del rincón. La mujer se levantó y se ajustó la mochila a la espalda. Se dirigió hacia la puerta y pasó al lado de Alpha y Cillian sin despedirse ni hacer el más mínimo gesto.

Joan permaneció un par de minutos más sentado y pareció estar anotando algo en una servilleta que guardó en el bolsillo de la camisa. Se dirigió hacia Alpha y le dio un beso.

— Disculpa. ¿Se te ha hecho largo?
— No. Me suelen abandonar por otra mujer con frecuencia.
— Eres demasiado inteligente para interpretar bien el papel de mujer despechada.

Se la quedo mirando con aquella sonrisa.

— Vale, pero me vas a tener que responder a unas cuantas preguntas.
— De acuerdo, pero busquemos un lugar romántico, al aire libre, donde me sea más fácil engañarte.
— Serás…

Nada más subir al coche volvió a dejar el paquete de tabaco en la guantera junto al mechero. En aquel momento se dio cuenta que su aliento debía oler a tabaco. Se acercó a la fuente pública que había en la plaza y se enjuagó la boca a la vez que bebía. Se volvió a montar.

— Bien, ya puedo besarte. Vámonos.

Alpha no supo si tendría que firmarle un recibo, de haber recibido el telegrama. En unos minutos la llevó a una pequeña superficie de hierba, junto a un riachuelo que seguramente acabaría vertiendo al río Esera que atravesaba el pueblo. Estaban rodeados de árboles que los protegían de cualquier mirada que no fuera la de un animal con alas. El tronco de un árbol seco descansaba en el suelo, sirviendo de apoyo al que quisiera contemplar la puesta de sol.

— Estoy empezando a pensar que hasta este árbol lo has puesto tú aquí a propósito.

A Alpha aquella imagen le recordó una cala de noche y una barca varada en la arena con complejo de tortuga.

— ¿No tenías muchas preguntas que hacerme o quieres seguir haciendo chistes?
— Me admitirás que la escenita de dejarme sola, mientras acudes a una cita secreta al fondo del local con una desconocida, tiene trazas de novela negra.
— Claro, claro. Supongo que el paquete de tabaco era para dejar un cigarrillo colgando de la comisura del labio. Solo me faltaba la gabardina, el sombrero de ala ancha y los zapatos de charol negros con la puntera blanca para ser el perfecto espía que quiere pasar desapercibido.
— Me gusta la descripción, te la compro.
— El problema es que eso exigiría que tu llevases una boa de plumas blancas que me impediría que te besase el cuello como voy a hacer ahora. ¿Te puedo pedir que aterrices y vuelvas a la realidad? Ya sabes que las películas se acaban cuando el chico besa a la chica… y nous aurons toujours Paris.
— Veo que eres rápido mentalmente, sobre todo a la hora de tirar balones fuera.
— Se llama Laurence. Es una mujer francesa, de algún lugar de Bretaña, que hace tres años llegó a estas montañas. Compró una vieja cabaña que usaban los pastores, alejada de toda civilización. Puso una placa solar para tener luz y la calefacción y la cocina supongo que la tiene con la chimenea. Te recuerdo que estamos en agosto, pero aquí

los inviernos son muy duros y muchos días se queda aislada con un metro de nieve en la puerta de la cabaña.

Siempre evita el contacto con la gente y no habla con nadie. Cuando llegó, cerró la puerta del camino y colgó un cartel de "no molestar". Cuando ve a alguien se esconde entre los árboles y empezó a correrse la voz de que era rara. Las personas cuando se enfrentan a comportamientos extraños, que no entienden, suelen tener miedo y como defensa a sus propios miedos, lo más fácil es denigrar a esa persona. Empezaron a decir que estaba chiflada, que era una loca y hasta que era una bruja que practicaba conjuros y hechizos.

— Joan, contigo sí habla.

— Ahora y a su manera. Déjame que te cuente toda la historia para que consigas llegar al fondo de la cuestión.

— Te escucho.

— Un día salí a dar un paseo cerca de donde está la cabaña y de repente la vi en la distancia. Estaba pintando en un lienzo sobre un caballete con trazos rápidos y solo dejaba los pinceles para fumar un cigarro. No se dio cuenta de mi presencia y tosí un par de veces para no asustarla mientras iba hacia ella. Cuando llegué junto al caballete había desaparecido y supuse que se abría refugiado entre los árboles cercanos y me estaría vigilando. Me quedé un buen rato mirando el cuadro sin acabar. Esperé unos minutos y al ver que no volvía le dejé una nota que ponía:

"El pintor persigue la línea y el color, pero su fin es la poesía" Rembrandt. Soy Joan.

Se la dejé pillada con una piedra y me fui.

— Si me llegas a decir que la frase era tuya, me caigo muerta.

— La busqué en Internet en aquel momento. Ya sabes, frases famosas de pintores y darle a Intro. Una cosa es, como ya sabes, que haya renunciado a vivir de ingeniero informático y otra que no me aproveche de las ventajas que ofrece la tecnología.

— Sí, de ese abandono tuyo del mundo informático, también tenemos que tener una conversación. Bonito atardecer. ¿Qué te gustan más los atardeceres o los amaneceres?

— Creo que los atardeceres. Supongo que porque he visto muchos más. Cuando amanece o estoy durmiendo o los edificios te impiden ver la salida del sol. ¿Tú que prefieres?

— Los amaneceres, sin duda. Un amanecer es el nacimiento diario de la vida. Ver amanecer te carga las pilas, te predispone a encarar mejor el día, es el triunfo de la luz sobre la oscuridad. En la naturaleza los animales se activan con la salida del sol y lo celebran como los pájaros, cantando.

Los atardeceres tienen algo de nostálgico, de algo que se acaba, de despedida. Son buenos momentos para las confidencias, para las parejas que permanecen abrazadas como tú y yo ahora.

Alpha levantó la cabeza y lo besó. Aquello era filosofía de la vida. Cada vez se preguntaba más sobre quién era aquel hombre y cómo había llegado a ser como era. Sabía que le iba a costar conseguir que se le abriese, como se abre un libro, pero él todavía no sabía cómo es una Villanova cuando se propone algo.

— Un día compré un paquete de tabaco y un mechero y me dirigí a la cabaña con idea de hacerle una visita de buena vecindad. Llegué a la puerta y di unos golpes sin obtener respuesta, pero salía humo por la chimenea.

"Perdone soy Joan. Hoy no estaba puesto el cartel de no molestar y me he decidido a hacerle una visita para presentarme y por si necesita algo"

No hubo respuesta, así que me senté en el porche y me puse a fumar un cigarro. A ese siguieron dos más y de pronto se abrió la puerta muy despacio. Sin mirarla le acerqué el paquete de tabaco y el mechero. Encendió uno y se sentó al otro extremo del escalón. Le dije mi nombre. No hubo respuesta. Fumamos un segundo cigarro en silencio, mirando al frente. Como a la media hora se levantó y dijo:

— Bien.

Y se metió en la cabaña. Dejé el paquete de tabaco y el mechero en el escalón y me fui pensando *"pues eso, bien"*

— ¿Y eso cuando sucedió?, preguntó Alpha.
— Hará casi año y medio.
— ¿Qué le pasa?
— Después de ir ganándome su confianza poco a poco con conversaciones basadas en frases breves y largos silencios he llegado a saber que debió de ser víctima de algún tipo de agresión violenta. Parece ser que tanto la sociedad como la justicia francesa no se portaron bien con ella y decidió aislarse de la sociedad.

Es una persona normal a la que alguien crujió su vida y ahora necesita tiempo para encontrar su sitio. Yo lo que hago es darle ese tiempo, haciéndole saber que tiene un puente tendido. Creo que en esencia ha perdido la confianza en el ser humano. No se relaciona con nadie, salvo conmigo y con Robert.

Cuando está con Robert es la única vez que se la puede ver reír. Ese caballo hizo más por ella el primer día, que yo en un año. Tenías que verlos juntos, cómo la cuida, cómo se agacha para que pueda montarlo y cómo desarrolla toda su colección de trucos para hacerla feliz. Fíjate que cuando están juntos Bryan y yo nos alejamos doscientos metros para respetar su intimidad.

— ¿Y la cita de hoy?

— No había ninguna cita. La semana pasada me dejó entrar en su cabaña. Son dos habitaciones. En la más grande está la chimenea, su cama y una enorme colección de libros. La otra habitación está llena de cuadros pintados por ella que recubren todas las paredes, el techo y se almacenan en filas en el suelo. Una mujer que tiene la colección de libros que ella tiene y la sensibilidad necesaria para tratar la luz en sus pinturas como ella lo hace, seguro que tiene una gran vida interior y que es una persona que merece la pena conocer. Ahora, será cuando ella pueda y quiera. A su manera y a su ritmo, sino dará la espantada.

Casi es imposible entrar. Yo no soy un entendido, pero además de la fotografía siempre me ha gustado la pintura y la escultura. Creo que pinta muy bien. Le pregunté si quería venderlos, aunque solo fuera para tener sitio para pintar otros y demostró el mismo interés que puedes tener tú en comerte un bocadillo de ortigas, pero me dejó sacar un par de fotos de algunos cuadros. Se las he enseñado a un amigo que tiene una galería y está dispuesto a cederle un espacio.

Los jueves baja al pueblo a por provisiones y se toma dos cervezas en el Molly Malone.

— ¿Qué le ha parecido la idea?

— No lo sé. Ha dejado claro qué si se exponen sus cuadros, ella los cede, pero que ni estará en la presentación, ni quiere conocer al dueño de la galería. Le he dicho que tendría que ponerles precio y me ha contestado que se lo ponga mi amigo y que al 50%. Que me agradecía lo que estaba haciendo pero que lo tenía que pensar y ya me diría. Y se ha ido.

Si consigo que exponga, la gente dejará de verla como la bruja chiflada y pasará a ser la artista excéntrica. ¿A que te gustaba más tu fantasía de espías y conspiraciones?

— Joder, joder, joder.

— ¿Es eso una invitación?

— Cállate, tú y yo vamos a tener que hablar mucho.

— Sí, pero será en otro momento. Quedan diez minutos de luz y esta noche no hay luna así que no vamos ni a ver el camino.

28.   La cueva del oso

Sentada en el 4x4, no paraba de hablar mientras Joan conducía. Los faros iluminaban el camino de tierra y piedras hasta que desembocó en una carretera asfaltada. En ese momento Joan prestó más atención a lo que decía Alpha.

— Llevamos juntos cuatro días. Los dos últimos días no nos hemos separado ni de noche ni de día. El primer día te conté la mitad de mi vida y cuatro días después no sé nada de ti y cuando te he preguntado algo se que a veces no me has dicho la verdad.

¿Qué soy para ti? ¿Un entretenimiento? ¿Soy la turista tonta con la que pasar el rato? ¿Por qué yo y no otra? No creo que tengas problemas en ese sentido. ¿Por qué tanto misterio? ¿Quién eres? ¿Cuál es tu historia?

En aquel momento frenó el coche ante una casa. Alpha lo miró con cara de sorpresa. Había estado tan concentrada en lo que estaba diciendo que no se había fijado en el camino. Era una calle de casas adosadas. Tenía una puerta principal a la que se llegaba subiendo cuatro escalones. Una rampa a su lado terminaba en un portón que supuso daba acceso al garaje.

— ¿No querías saber quién soy yo? ¿Cuál es mi vida? Esta es mi casa. Quizá te diga más de mí que lo que yo pueda expresar con palabras. Al final, las palabras solo dicen lo que creemos que somos o queremos que crean que somos.

Alpha descendió del vehículo y se fijó en un cartel que colgaba encima de la puerta de entrada. Era un trozo de madera como de un metro de largo. En un extremo estaba tallada una preciosa cabeza de oso y a su lado grabado en relieve *"La cueva del oso"*. Joan vio que se quedaba mirándolo con atención.

— Es un regalo de un pastor que como ves es un magnífico tallista. Yo solo lo barnicé para que aguantase las inclemencias del tiempo. Si no te importa entramos por el garaje.

El portón se abrió con el mando a distancia, dando paso a una estancia de unos 25 metros cuadrados. Todas las paredes estaban recubiertas de cosas que parecían estar ordenadas. A la derecha un kayak de dos plazas y uno más pequeño como los que había visto que usaban para descensos en aguas bravas y sus remos correspondientes.

En la pared de la izquierda decenas de cuerdas enrolladas de distintos grosores y tamaños colgaban de ganchos atornillados a la pared. Piolets de distintos tamaños, docenas de mosquetones, bastones, cintas express, arneses, estaban expuestos y eran de fácil acceso..

Al fondo, media docena de mochilas de distintos tamaños permanecían preparadas junto a varios pares de botas y en un rincón varios pares de esquís y raquetas de nieve.

Alpha pensó que allí había más material que en la tienda de deportes donde había comprado sus botas de trekking.

Una puerta comunicaba con una escalera y daba a otra puerta tras la que se ocultaba un laboratorio fotográfico digital. Un potente ordenador estaba conectado a una pantalla de 50 pulgadas colgada en la pared. La mayor parte del espacio la ocupaba la impresora digital que era la encargada final de obrar la magia y materializar en papel fotográfico un instante del tiempo capturado en cualquier lugar del mundo.

— Este equipo huele a "haber costado" mucho dinero.

— Es muy caro, pero necesario. Piensa que yo fotografío la naturaleza. Los paisajes, los animales en libertad alcanzan su máxima expresión si se imprimen en formatos grandes. Los formatos pequeños están bien para las fotos de recuerdos, para hacer selfies que cuanto más pequeños sean mejor porque menos se ven.

— No te veo muy partidario de los selfies.

— Creo que el que hizo el primer selfie y después de ver el resultado repitió, debería estar en la cárcel. No es que sea un romántico como los del siglo XVIII. Lo digital revolucionó la fotografía. Fue la revolución de algo casi artesanal. La cantidad de imágenes era limitada. Los laboratorios olían a líquido de revelar y a fijador. La digitalización aportó más definición, número ilimitado de instantáneas y manipulación fácil de la imagen. Son cosas positivas y hoy se pueden captar imágenes que antes resultaban imposibles. Los selfies atentan contra la estética y la belleza de la imagen. Son como el *fast-food* para un restaurante con estrellas Michelín. Los selfies no solo asesinan a la imagen, sino que la entierran y escupen sobre su tumba.

Hoy en día en el noventa por ciento de las fotografías aparece una cara en la parte de abajo de la imagen y con suerte la Torre Eiffel al fondo, si hay un hueco entre el muro de bastones de otros que se están haciendo otros selfies.

Lo importante ya no es ver la estructura de la Torre Eiffel, ni contemplar la puesta de sol desde el piso más alto, ni ver alargarse las sombras en las calles de Paris, ni el cambio de color del cielo en los reflejos del Sena. Lo único que parece importar es colgar un horror de fotografía en las redes y dejar constancia de que estuviste allí, aunque sea de lejos.

Si seguir valorando esas pequeñas cosas es ser romántico, me declaro culpable señoría.

— Por cierto, a ver cuando me haces unas fotos. Para motivarte te diré que todas las Villanovas llevamos una pantera en nuestro interior.

— Nunca he visto una pantera con un llavero de Hello Kitty colgando de la cremallera del bolso.

— Espérate que no encuentre una foto tuya disfrazado de Supermán o de Batman.

— Subamos y te enseño el resto de la casa.

La escalera llevaba al hall de entrada. La cocina, un baño y un gran salón se repartían los metros de aquella planta.

— Curiosea por ahí. Voy a hacer algo para cenar. ¿Te apetece una ensalada de ventresca de bonito con salsa de almendras y unos aperitivos de jamón, quesos y foie?

— ¡Fantástico! Yo abriré el vino.

Alpha entró en el salón. Una chimenea en un rincón, con unos troncos de madera apilados, debía poner el punto cálido en los días del invierno. Una estantería de obra sustentaba cientos de libros. Empezó a leer los lomos y no solo había libros de naturaleza, de fotografía, de viajes o de informática. Allí estaban Aristóteles, Platón, Epicuro, Epicteto, Foucault, Sartre, Karl Marx, Engels, Nietzsche, Ortega y Gasset.

Escritores como Mary Shelley, Víctor Hugo, Dikens, Julio Verne, Oscar Wilde, Proust, pero también tenía *Homo Sapiens y Homo Deus* de Yusnabi Harari lo que indicaba que era un hombre apegado a la actualidad y preocupado por el futuro. Una de las estanterías parecía dedicada a las biografías de Grandes Personajes Históricos. Ghandi, Miguel Ángel, Einstein, Napoleón, Pasteur, Martin Luther King o Gengis Kan eran algunos de ellos. Todos eran personas que no lo habían tenido fácil para encontrar una forma de vivir su vida. Una pantalla de plasma de TV descansaba en un rincón mirando a la pared.

— ¿La televisión no funciona?
— Supongo que sí. La última vez que la encendí funcionaba.
— ¿Cuándo fue eso?
— Hará un año. Vinieron unos amigos a ver un partido de futbol.

Estaba claro que no era hombre de ver la televisión. Dos sillones reclinables que parecían muy cómodos estaban a ambos lados de una pequeña mesa circular donde había un tablero de ajedrez con una partida a medio jugar.

— ¿Contra quién juegas esta partida?
— Contra Bryan. Nos enviamos los movimientos por wasap.
— ¿Juegas con blancas o con negras?
— Con blancas y me toca mover.

Alpha leyó la partida con rapidez. Fotografías decoraban las paredes y pensó que seguro que detrás de cada una había una historia que escuchar. Se dirigió a la cocina y lo observó moverse de espaldas con su delantal, preparando los aperitivos. En silencio se acercó a él y lo abrazó haciéndole notar sus pechos en su espalda.

— Ten cuidado, te puedo cortar sin querer.
— Siempre he querido tener un hombre que cocinara para mí con un mandil puesto, aunque en mi sueño creo que estaba desnudo.
— Alpha, te vas a quemar.
— ¿Sabes qué? Si sacrificas el caballo, das jaque mate en dos movimientos.

Joan se dio la vuelta con cuidado y la besó mientras deshacía el abrazo y se dirigió hasta el tablero.

— El enroque, supongo que de última hora, en vez de defender al Rey lo ha convertido en una ratonera - dijo Alpha -
— Vaya, eres buena.
— Todos tenemos cualidades ocultas. Mi padre vivió muchos años en Barcelona donde hay mucha afición y desde niña me enseñó a jugar. Tengo buena capacidad espacial y en mi cabeza veo las piezas moverse en el tablero como las tropas en una batalla. Soy un poco rarita.
— Me gustan tus rarezas. Vete poniendo la mesa que en un par de minutos cenamos. ¿Vino blanco de Rueda o tinto con denominación Campo de Borja 100% uva garnacha?

— Que me perdonen los aragoneses, pero para la ensalada me quedo con el blanco de Rueda. Supongo que lo tendrás en el frigorífico, lo voy descorchando.

Joan trajo una tabla con taquitos de queso de Páramo de Guzmán, echos con leche de oveja churra conservados en aceite de oliva, tiras de jamón enrolladas como capullos de rosa y unas finas tostas rectangulares que servían de cama a un foie atemperado en la sartén con decoración de vinagre de Módena. *Está buenísimo*, pensó Alpha.

— He visto que tienes muchos libros de filosofía en tu biblioteca. Que tengas a Aristóteles, Sócrates o Platón no me sorprende, porque pueden estar en muchas casas aunque igual no hayan sido leídos, pero veo que tienes a Michel Foucault y a Sartre del siglo XX y casi me caigo muerta cuando he visto a Epicuro y a Epicteto. Eso es hilar muy fino ¿Qué hace un ingeniero informático, entiendo por tanto imbuido por el espíritu de la ciencia, leyendo filosofía a esos niveles?

— Copiando tus palabras, creo que soy un poco rarito. Supongo que la filosofía es el contrapeso ideal a un mundo lleno de microchips, redes de computadores o diseño de programas. Estoy de acuerdo con lo que decía Epicteto hace casi 2000 años: *"La filosofía no es un fin en sí mismo, sino un medio necesario para aprender a vivir conforme a la naturaleza"*.

— Te tuvo que costar mucho decidirte a dar el paso, dejar un buen trabajo, un mundo para el que te habías preparado, dejar la ciudad.

— No creas. El futuro que la sociedad me tenía reservado era una vida formando parte de equipos que se ocupasen de grandes proyectos. Reuniones y cientos de horas invertidos en alcanzar objetivos marcados por otros, para conseguir que sean un poco más ricos porque nunca lo serán lo suficiente. Trabajos deshumanizados, premiados con un gran sueldo con el que poder demostrar a la sociedad que eres un hombre de éxito. Cada vez una casa más grande, un coche más potente, ser socio del club de golf aunque solo puedas ir a la fiesta anual por falta de tiempo y toda esa parafernalia que acompaña al triunfador.

Dicen "que *nadie cambia de la noche a la mañana*" pero se equivocan. Uno se puede levantar un día y decir, ya no más…

— Entiendo, pero ¿por qué venir aquí? ¿Por qué hacer el trabajo que haces ahora?

— Porque siempre me gustó mirar a la gente a los ojos. Creo que soy un pescador de miradas. Las miradas brillan con luz propia, tienen su propio lenguaje que hay que saber traducir.

— ¿Qué te dice mi mirada?

— ¿Quieres un café?

— ¡Maldito seas, Joan! ¡A veces pareces un erizo!

Joan se sonrió.

— ¿Por qué un erizo?

— Porque se protegen con sus púas y tienen la barriguita muy blandita. Pero tu nunca quieres darte la vuelta y enseñarme la barriguita. ¿Verdad?

Joan soltó una carcajada.

— ¿Quieres decirme que hago aquí? ¿Qué soy para ti, otra turista bobalicona que lleva un llavero de Hello Kitty y que no se merece llegar a conocerte?

— No te menosprecies tanto, que no te va. Estás aquí porque me llamó la atención tu nombre cuando me lo dijiste. Me gustó tu cara, tus ojos, tus labios y el resto de tu cuerpo. Tu mirada sigue guardando un punto de la curiosidad de un niño al ver las cosas del mundo, un punto de miedo al vértigo de la vida y un punto de firmeza en tu capacidad y fe en ti misma. No colecciono turistas bobaliconas y en cinco años eres la segunda mujer para la que cocino en mi casa que para mí es mi santuario, mi refugio, mi guarida. ¿He contestado tus preguntas?

— Sí y sí – dijo Alpha –

— Y sí ¿qué?

— Sí quiero café y sí quiero un beso y no en ese orden.

Joan se levantó y la besó con fuerza. Se quitaron la ropa uno a otro con la urgencia de la necesidad contenida y pusieron a prueba la estabilidad de la mesa de la cocina hasta terminar en volandas con la espalda apoyada en la puerta del frigorífico.

Mientras volvían a ponerse la ropa que había acabado desperdigada por el suelo de la cocina, Alpha le puso la mano sobre la cicatriz del hombro.

— Así que un accidente de la infancia, ¿no?

Joan intuyó que alguien le había contado el motivo real de la misma.

— Solo contestaré a esa pregunta trampa si es en presencia de mi abogado. Vete al salón y sirve un par de chupitos de lo que quieras mientras yo hago el café.

Alpha se sentía como si no tocase el suelo. Encontró en el mueble bar una botella de licor Ordesano abierta y en cuya contraetiqueta se definía como licor digestivo suave y aromático, elaborado con hierbas naturales recolectadas a mano. Tuvo una abstracción de la realidad y pensó que en este país se puede coger unas borracheras de libro, pero tener unas digestiones estupendas.

29. En la cueva

Lo primero que notó fue el calor de su cuerpo. No quiso abrir los ojos porque hubiera sido iniciar un nuevo presente. Mientras los mantuviera cerrados podría prolongar aquella satisfactoria noche. Recordó las dulces caricias que la habían excitado tanto. Aquel hombre nunca parecía tener prisa. Jugó con cada centímetro de su cuerpo sacándole las mejores notas de excitación. Ella quiso resistirse a dejarse llevar a un primer orgasmo, pero su cuerpo no estuvo de acuerdo con su cerebro. Un poco desmadejada por ese primer orgasmo, había sentido su miembro duro oprimiéndole un muslo mientras se entretenía besándole sus pechos. Con las dos manos, lo agarró y lo colocó en la entrada. Suponía que con la mirada debió indicarle lo que pensaba: *"Gran oso, ya es hora de entrar en la cueva. Quédate a hibernar hasta la próxima primavera"*. Este solo tuvo que empujar suavemente hacia adelante para arrancarle un profundo gemido.

En aquel momento notó que Joan se movía a su lado y abrió los ojos. Vio que solo había sido un cambio de postura. Pasó un brazo por encima de su pecho y lo abrazó. Pensó sobre el poco control que tenemos sobre nuestras vidas. Si no hubiera sido por aquella conversación con su madre, que hoy parecía tan lejana en el tiempo, mientras esta freía patatas, nada de todo aquello hubiera ocurrido. No hubiese existido el viaje, ni Wil, ni Doña Genoveva, ni Andrea y sobre todo, no estaría escuchando la suave respiración de Joan mientras dormía.

Cada decisión que tomamos en la vida nos depara un futuro diferente. Acertaremos o nos equivocaremos, pero ¿por qué tenemos miedo de salirnos de un camino que no nos gusta, si hay más caminos que peces en el mar? Lo besó en los labios y se levantó camino de la ducha. Joan se despertó.

— ¿Dónde vas? Vuelve a la cama.
— Me voy a duchar, pero te prometo que luego me dejo atrapar.

Lo volvió a besar.Poco después, Alpha salía del baño secándose con la toalla. Llevaba el pelo mojado y revuelto como le había dicho Joan que más lo excitaba. Parece que le daba un aire salvaje. Fetichista que le había salido el "nen".

Cuando Joan se dirigía a la ducha, sonó el gruñido de un oso y pareció que temblaban las paredes.

— ¿Qué es eso, Joan?
— El timbre de la puerta. Abre tú, por favor. Si es un escocés loco, deja que entre solo su caballo.

Alpha estaba desnuda. Se puso precipitadamente el pantalón vaquero y la camisa de Joan que reposaba en una silla y bajó rápidamente las escaleras. Abrió la puerta y casi no entró luz, porque Bryan taponaba todo el dintel de la casa y el espacio entre ambas jambas. Alpha pensó que ahora que no estaba en un espacio abierto, todavía parecía más grande. Bryan volvió a pulsar el timbre y un nuevo gruñido asusto aún más a Alpha al oírlo tan cerca. Bryan soltó una gran carcajada.

— Buenos días, Alpha. Debes de ser una mujer muy especial para haber pasado la noche aquí.

— Anda, pasa si cabes. ¿A quién se le ocurrió poner de timbre el gruñido de un oso?

— Yo le aconsejé que pusiera el sonido de uno de mis bostezos que dan más miedo y asustaría a los ladrones cuando está de viaje. Por cierto, ¿dónde está el pequeño cacahuete?

— Entraba en la ducha cuando has tocado el timbre.

— ¿Qué estaba en la cama a las diez de la mañana?

Bryan se la quedó mirando a los ojos. Alpha sintió como si aquella mirada atravesara sus retinas y estuviera leyendo entre las circunvoluciones de su cerebro. Solo dijo:

— Si que debes ser especial.

En unos segundos, Bryan, que desde luego sabía dónde estaba cada cosa, había puesto tazas para tres y a calentar el agua de la cafetera.

— ¿Te gusta? - preguntó Bryan.

— Sí.

— Bien.

Alpha sintió como si hubiese pasado una prueba y tenía la aprobación del padre del novio. Era algo así como:

"Está bien, no pareces mala chica. Te dejo que salgas con mi chiquitín, pero que sepas que te estoy vigilando y si te pasas te las tendrás que ver conmigo".

Se oyeron pasos bajando la escalera. Joan apareció secándose la cabeza con una toalla.

— Buenos días, Bryan. ¿Has aparcado tu mono-caballo en la plaza de discapacitados?

— Ha debido de oler alguna yegüita en celo porque, en cuanto he desmontado, ha salido a galope. Cualquier día me hace abuelo de un cuatro patas.

Joan preparó unas tostadas de jamón con tomate y un chorrito de aceite de oliva. Tres tazas de café humeante y se sentaron a la mesa.

— Dime, Bryan.
— Necesito que me hagas un favor.
— Cuenta con ello.
— ¿Sí?
— Claro.
— ¿Seguro?
— Hecho.
— ¿Entonces de acuerdo?
— Palabra de montañero.

Alpha miraba a aquellos dos hombres que en aquellos momentos se daban la mano con la seriedad de estar firmando un pacto de sangre.

— Perdonarme por interrumpir este diálogo de besugos. ¿Alguien quiere explicarme de que estáis hablando o lo tenéis ensayado para que me vuelva loca?

Joan se adelantó.

— Alpha, Bryan viene y me pide un favor. Hay dos posibilidades. La primera que tenga un problema y crea que le puedo ayudar y por tanto le ayudo. La segunda posibilidad es que quiere decirme algo que es bueno para mí, pero piensa que de primeras no me va a gustar y decide pedírmelo como si le hiciera un favor a él. Por tanto y fiándome de su buen criterio, estamos de acuerdo, sea lo que sea. Es sencillo, luego decís las mujeres que somos difíciles de entender.

— Pero, ¿no quieres saber nada más?

— Eso son solo los detalles.

— Ahora que estamos de acuerdo, brindemos para celebrar el nacimiento de este nuevo proyecto.

Brindaron. Alpha no podía resistir la curiosidad, pero aquellos hombres vivían a otro ritmo. Por fin Bryan tomó la palabra.

— Como sabes soy medio cónsul oficial u oficioso, no lo tengo claro, del Gobierno de Escocia. Hace un par de meses me ofrecieron un proyecto que he estado madurando. Después de pensarlo mucho, he puesto una serie de condiciones que parece que aceptan en su totalidad. El Gobierno de Escocia quiere subvencionar una colección de libros que ponga de relevancia lo mejor de nuestro país. Algo que lleve a afianzar, todavía más si cabe, el orgullo de ser escocés. Una colección que sea referencia para conocer la tierra, las costumbres, la historia, las leyendas de un pueblo, del alma de un pueblo y que incite a otros a hacer lo mismo. Imaginaros regiones como Bretaña, Occitania, Normandía o los Landers alemanes. Esto ya se ha hecho muchas veces de una forma u otra.

Se trata de hacer algo diferente. Fotografías nuevas, con nuevos enfoques. Textos escritos por escritores que lo hagan por sentirse orgullosos de aportar su firma al proyecto común.

— Hasta ahora entiendo que quieres hacer una edición novedosa y espectacular de las diversas facetas de un país, en este caso Escocia.

— Correcto y aquí es donde entras tú. El primer volumen será sobre Naturaleza, paisajes, flora y fauna de Escocia. Yo coordinaré toda la parte escrita, impresión, formato y presentación, pero necesito un director de fotografía. Se quiere que, por lo menos, el 90% de las imágenes sean nuevas o que no hayan sido publicadas y supongo que buscando nuevas perspectivas, con drones y cosas de esas que te he visto hacer a ti.

Si aceptas, tendrás vía libre para formar el equipo de fotógrafos que tu quieras. El primer volumen tendrá que estar listo en el plazo de 20 meses para tener cuatro meses para maquetación, impresión y lanzamiento conjunto del primer y segundo volumen que será sobre cuentos y leyendas de Escocia. Después, cada año, saldrá otro volumen ya que el presupuesto será importante.

Se trata de hacer un producto que enseñe el alma de un pueblo al mundo y donde cada escocés se vea reflejado y orgulloso de serlo. Una referencia imprescindible para toda persona, institución o país que quiera tener un acercamiento a Escocia. Sin política, sin falsos elogios, simplemente *"aquí vivimos, esto es lo que nos rodea y así somos"*

— Me disculpáis un momento - dijo Joan.

Los dejó solos.

— Alpha, será mejor que vayamos al salón. Este puede tardar un buen rato. Ha puesto la centrifugadora de pensar en marcha. Cuanto más tarde mejor para el proyecto.

— Creo que te gusta jugar al ajedrez – dijo Alpha - ¿Quieres echar una partida contra una pobre aficionada?

— De acuerdo, mataremos el tiempo.

— Los peones son estos pequeñitos que hay 8 iguales, ¿no?

— Sí. Juega tú con blancas y así sales y tienes un poco de ventaja.

Alpha empezó la partida con C – 4 iniciando la apertura inglesa. Bryan jugó E – 6. Alpha C – 3, Bryan D – 5 y Alpha D – 4.

— Gambito de Dama - dijo Alpha.

Los movimientos de los dos eran rápidos. Bryan levantó los ojos del tablero y la miró a los ojos. Una suave sonrisa parecía asomarse a los labios de Alpha. Bryan jugó F - 6, Alpha C – 3, Bryan A – 7, Alpha G – 5 y Bryan optó por el enroque corto.

"No puede ser, pensó Bryan. Estaban reproduciendo la última partida que jugaron Fischer y Spassky en el campeonato del mundo de ajedrez de 1972. Fischer representaba a Estados Unidos y Spassky a la Unión Soviética y se celebró en Reikiavik en plena guerra fría entre las dos superpotencias. ¿Sería casualidad?"

Le tocaba mover a Alpha que parecía disfrutar pensando lo que estaría pasando en la cabeza de aquel gran oso.

— Ese enroque era predecible señor Spassky. ¿Se acuerda que era Fischer quien jugaba con blancas y ganó la partida?

Permítame que esta pobre aficionada le aconseje que incorpore alguna variante, no quisiera ver llorar a un oso.

— Puñetera niña. Tú debiste nacer 25 años después de jugarse aquel campeonato que paralizó el mundo.

— Las Villanovas llevamos la palabra estrategia de segundo apellido. No me sorprendería que mi abuela hubiese formado parte del equipo de asesores de Fischer. Para aumentarte un poquito la presión jugaré un Alfil G – 5.

Bryan había empezado a sentirse como el oso que había caído en la trampa. Se concentró y sus movimientos posteriores fueron más lentos y reflexivos. Improvisó variantes, pero Alpha parecía tener preparada su estrategia para impedirle tomar la iniciativa. Poco a poco fue asfixiándole las piezas que le quedaban. Jugaba con él y a los veinte minutos, Bryan tumbó el rey sobre el tablero rindiéndose a la evidencia. Como buenos jugadores de ajedrez, al acabar la partida, se estrecharon las manos, momento que aprovechó Bryan para estamparle un beso en el dorso.

— Bryan, ¿no sabrás si hay una tienda de taxidermia en el pueblo? Me gustaría vender la piel del oso ahora que lo he cazado.

Alpha soltó una carcajada en el momento que entraba Joan en el salón.

— ¿Qué hacéis?
— Aquí, curioseándote tus cosas – dijo Alpha sin querer hacer escarnio de lo recién acontecido.
— Dime que ha parido esa computadora de ideas que tienes por cerebro.

— Antes una pregunta, ¿por qué yo? Seguro que hay fotógrafos muy buenos que además sean escoceses.

— Porque eres bueno en tu trabajo y en todo lo que te propones. Porque tienes una preparación tecnológica vanguardista y porque sé que te vas a entusiasmar ante el reto de fabricar un nuevo producto que marque un nuevo camino y sea una pequeña revolución en la industria. Por último y no menos importante, porque este primer trabajo nos va a llevar dos años y no se me ocurre mejor compañía que la de pasarlos con un amigo.

— Tengo una condición que no es negociable. No voy a alterar mi forma de vida por completo ni por este ni por ningún proyecto. Afortunadamente hoy en día la tecnología nos ahorra muchos viajes que antes eran necesarios. Quiero plenos poderes a la hora de seleccionar el equipo de fotógrafos y solo rendiré cuentas ante ti. Todo lo que no tenga que ver con las imágenes o el buen aprovechamiento de las mismas es cosa tuya.

— De acuerdo. Así lo pensaba.

— Necesitaré formar un equipo de cinco o seis fotógrafos, a poder ser, escoceses. Uno especializado en fotografía submarina, otro para flora, otro para fauna, uno para paisajes y uno o dos para fotografía con drones que nos darán esas perspectivas que hasta ahora eran imposibles de tomar.

— Cuenta con ello – dijo Bryan.

— Por otro lado, queréis que esta colección muestre la idiosincrasia de un pueblo. Algo así como *"Así somos los escoceses"* y yo daría un paso más *"Así miran los escoceses"*. Se podría publicar un cuadernillo anexo o editar un CD que acompañe al libro con las fotografías de los escoceses que quieran participar en el proyecto de forma altruista y con la recompensa de formar parte de un proyecto en común. Estoy seguro, que con la facilidad de palabra que tienes, eres capaz de entusiasmar a la mitad de los habitantes que nos enviarán sus mejores fotos de la naturaleza y que hoy duermen en un cajón.

Imaginaros que 200.000 personas nos envían 10 fotos cada una. Tendríamos 2 millones de fotografías. Entre todas ellas, ¿no habrían 300 o 400 imágenes buenísimas que hayan captado un momento absolutamente irrepetible? Se podría hacer un anexo en CD, en pendrive o en el soporte que queramos, que acompañe al libro y que contenga solo fotos sacadas por los futuros clientes.

— Hace un minuto me preguntaste porqué tú. Te acabo de hablar del proyecto y ya estás teniendo buenas ideas.

— Tengo que diseñar un programa informático específico para este proyecto, que nos facilite el trabajo. Todos los posibles coautores del libro tendrán que identificarse con nombre, apellidos y correo electrónico. Aceptar su colaboración desinteresada en este proyecto y autorizarnos su posible impresión o difusión por cualquier otro medio.

El programa rechazará automáticamente todas las fotografías que no reúnan los estándares de calidad que especificaremos en la página WEB del proyecto.

— Permitirme que interrumpa, - dijo Alpha -. El programa podría incluir una respuesta de agradecimiento por su colaboración nada más enviar sus fotografías y una carta a todos los que fuesen desechadas por mala calidad animándoles a *"seguir captando los momentos únicos de nuestra tierra y a compartirlos con todos los ciudadanos"*.

Bryan y Joan se miraron y la miraron a ella. Joan la besó delante de Bryan y Alpha notó un súbito calor en las mejillas.

— Lo digo porque si vais a rechazar a miles de escoceses tendréis que hacerles sentir que se valora su aportación y que seguís contando con ellos. Al final serán los posibles compradores del libro y los que se lo regalen a sus familiares y amigos. Es tan fácil como redactar cinco o seis modelos de cartas dirigidas al corazoncito de quien, de forma altruista, ha querido sumarse a un proyecto que ha hecho suyo. Además, como diría mi madre: *"Cuesta menos hacer las cosas bien que hacerlas mal"*. Si me dais una tarde os las escribo y hago una referencia a la herencia celta que está en el ADN de todo escocés para que se les salten las lagrimillas. De algo tiene que servir haber hecho tantos trabajos en la universidad.

Alpha, hacía varios minutos que notaba la humedad entre sus muslos y sus pezones endurecidos frotaban la camisa de Joan. Notó que con las prisas no se había puesto el sujetador. Aquel hombre la excitaba solo con oírle hablar. Abandonó el salón dejándolos abstraídos en el proyecto y subió al dormitorio. Se puso la ropa del día anterior, se sentó frente al espejo y empezó a peinarse. Era su forma de concentrarse. *"¿Qué estaba haciendo? ¿Se estaba enamorando?"*

En algún momento tendría que pasar por el hotel aunque no fuera más que para cambiarse. Agitó la cabeza y bajó la escalera. Cuando iba a entrar al salón volvió a rugir el oso, asustándola. Abrió la puerta y vio a Robert en la calle riéndose, enseñando todos los dientes y agitando sus blancas crines. Alpha lo saludó con la mano en la distancia y el caballo le correspondió con una reverencia.

— ¡Bryan, es Caballo Loco!
— Es peor que una suegra. Eso significa que se ha cansado de ligar yegüitas. Os voy a tener que dejar. Seguiremos hablando. Tengo que organizar una reunión para la próxima semana en Edimburgo para dejar todo bien atado.

Alpha fue corriendo a la cocina para coger dos zanahorias de la despensa y dárselas a Robert. Minutos después caballo y jinete, se dirigían a paso lento, en dirección prohibida, por el centro de la calle hasta la primera intersección.

— ¿Dónde vive Bryan?
— Tiene una pequeña casa de campo con un establo y un poco de terreno para que corra Robert a sus anchas. Le puso unos pestillos que Robert puede abrir y cerrar y el propio caballo sabe cuándo quiere estar tomando el sol o protegerse de la lluvia. A veces abre la puerta del cercado y corre libre por los montes, pero siempre está de vuelta a tiempo para llevarlo a la salida del sol. Es el caballo más feliz que conozco.
— ¿Cómo es que ha aceptado este proyecto? Parecía que había abandonado la actividad ejecutiva para siempre.
— Creo que le han ofrecido la única cosa que podía sacar al oso de su cueva. Lleva a Escocia entre pecho y espalda y supongo que para él es la oportunidad de hacer algo bueno por los suyos y por la tierra que lo vio nacer.
— Y tú, ¿vas a dejar todo lo que es tu vida?

— Ninguno va a dejar su actual vida. Lo hemos hablado mientras habías subido a vestirte. Ahora irá Bryan a Edimburgo a dejar el proyecto bien atado y concretar los fondos disponibles. Tendremos dos bases de operaciones. Una aquí, en mi casa, porque ya tengo la instalación echa y otra en un local que tiene Bryan anexo a su casa de Edimburgo. Las comunicaciones entre todos los que formen parte del proyecto se harán por videoconferencia o Skype, como prefieras llamarlo y así cada uno podrá estar haciendo su trabajo menos en el momento de la reunión. De esta forma, ahorraremos tiempo y dinero y todos ganaremos en calidad de vida.

Lo más laborioso será seleccionar un buen equipo de profesionales que hagan del proyecto algo suyo desde el principio y para los que no sea un trabajo más. Por eso quiero jugar la baza de que sean escoceses. Todo el mundo quiere ser reconocido en la tierra donde nació.

— Así que, ¿así se hacen estas cosas?

— No sé si se hacen así, pero sí que es como se va a hacer esta. Calculo que tendré que pasar tres o cuatro meses al año en Escocia. Bryan me ha ofrecido su casa para que esté más cómodo que en un hotel y a veces coincidiremos. El resto del tiempo pienso seguir viviendo aquí y haciendo mi vida normal.

— Hablando de vida normal, en algún momento tendré que pasar por el hotel. No he podido ni cambiarme de ropa interior.

— Es verdad. ¿Por qué no vamos, lo recoges todo y volvemos?

— ¿Me estás pidiendo que me venga a vivir aquí?

— Salvo que te hayas cansado de mí o quieras pagar la habitación por si te cansas de pincharte con mis púas.

— Cállate, tonto. Bésame. No sabes cómo me pones cuando te oigo hablar concentrado en algo. Espero que no te arrepientas. Tú no sabes lo que es aguantar a una Villanova.

En aquel momento, Bryan se acercaba a su casa a lomos de Robert, mientras pensaba que estaría bien que Joan encontrase una mujer con la que compartir su vida. Tenía que ser una persona muy inteligente que supiera darle el espacio que él necesitaba. Alpha le parecía una mujer muy inteligente. Lo demás era cosa de ellos.

Descansaban plácidamente en el sofá del salón. Joan le acariciaba la melena. Habían estado toda la mañana navegando en un kayak en un lago. Le había prestado el traje de neopreno de su hermana que lo guardaba en el garaje y que de altura y constitución debían ser parecidas. O aquel hombre no se fijaba en su hermana o no la miraba a ella. Todo iba muy bien mientras se ponía el traje hasta que llegó a la altura del pecho. Meter el suyo en aquel espacio tan pequeño le recordó la escena en la que Mammy le ajusta el corsé a Scarlett O´Hara en *Lo que el viento se llevó*. Por fin consiguieron cerrar la cremallera. Alpha poniendo voz gangosa dijo:

— Espero que el traje tenga branquias, porque por la boca no me entra el aire.

— Tenías que ver la magnífica silueta que te hace. Con un traje así todo está a la vista y a mi me gusta mucho lo que veo.

— Espero que hayas traído un abrelatas para sacarme de aquí. Ahora entiendo la expresión *"como sardinas en lata"*.

— En todo caso si volcamos es posible que te trasformes en sirena.

— Si yo soy sirena, espero que tú no seas Ulises regresando de las guerras de Troya, como describe Homero en *la Odisea*. Teniendo en cuenta que casi no puedo respirar, no te podría hechizar con mis canciones melodiosas y me tendría que ahogar en las procelosas aguas del mar.

— Te veo más en el papel de *La Sirenita* de Walt Disney. Por favor, ¿te quieres subir al kayak?

— Ahora el señorito tiene prisas.

— ¿Siempre tienes que decir la última palabra?

— ¿Yo? ¡Qué va!

— Lo acabas de hacer.

— No creo.

Alpha sonrió recordando la escena. Apoyada con su cabeza en sus muslos le miró y lo vio pensar concentrado.

— ¿Estás pensando en el proyecto del que te habló Bryan?

— Sí. Hay mucho que hacer por delante.

— Todo proyecto necesita un nombre. Me haría mucha ilusión que lo llamaseis "Proyecto Alpha". Al fin y al cabo, como tú dijiste: Alpha es el comienzo de algo y, si no, Bryan es capaz de ponerle el nombre de su caballo.

— Proyecto Alpha — repitió Joan—. Suena bien, tiene gancho. Puede ser una buena herramienta de marketing.

— En mi currículum pondré: "Alpha Villanova, nacida para dar nombre a un proyecto". Por cierto, empiezo a sentir agujetas de cintura para arriba.

— El próximo día llevaremos el kayak pequeño, de una sola plaza y te enseñaré a hacer maniobras de esquimotaje.

— ¿Qué es eso?

— Es la técnica con la que consigues recuperar la posición inicial después de haber volcado. Es muy divertido.

Recuperas la verticalidad sin tener que abandonar el kayak y que se te llene de agua. Aprenderás enseguida.

Los dos se quedaron callados. Debían estar pensando lo mismo. ¿Habría tiempo suficiente para volver al lago? Solo les quedaban dos días de estar juntos para acabar el mes. Alpha sacudió la melena en un intento de espantar el fantasma del futuro inmediato y cambió de conversación.

— Todavía no me has explicado en detalle, por qué abandonaste hace cinco años tu anterior trabajo. Al principio pensé que no querías saber nada más de la informática y las nuevas tecnologías y que habías tomado la decisión de abandonar la ciudad y volver al pueblo. Luego vi tu casa y cuentas con la más moderna tecnología. Ayer me decías que esta será una de las sedes centrales del proyecto, porque ya tienes la instalación hecha. Si no odias la informática, ¿tanto te apasiona la montaña?

— Explicarte eso puede llevarnos un buen rato.

— Sí, pero me interesa. Es lo que me puede dar más pistas sobre como y porqué eres así. Tus criterios para vivir la vida son diferentes de aquellos a los que estoy acostumbrada y tengo la sensación de que eres una persona feliz.

— No sé sí existe una definición clara de lo que es la felicidad. Lo que sé es que con cualquier otro tipo de vida sería más desgraciado. Quizá el único miedo que puedo tener hoy en día es ese, ser feliz. Si una persona está mal, sabe que su situación solo puede mejorar. Si eres feliz, solo puede empeorar. Hago lo que quiero, trabajo en lo que quiero, tengo una situación económica desahogada y estoy acariciando desde hace una hora a la única persona que quiero que esté a mi lado. El futuro es mañana y no me interesa. Quiero vivir el presente, el ahora, el momento y seguramente eso es ser feliz.

— Pero, ¿no podrías tener eso mismo haciendo el trabajo que hacías, en la ciudad, viviendo la vida como la vivías?

— Parece ser que no, porque un día me planté y dije "nunca más". Te explico un poco lo que pienso sobre el mundo digital. Lo dividiré en tres partes muy diferentes.

Existe una de la informática de la que solo se pueden decir cosas buenas. Gracias a la informática y a la gran capacidad de computación de datos, se han conseguido en muy pocos años grandes avances en medicina, educación, comunicaciones y en otros terrenos que han mejorado la vida de toda la humanidad. Como todo, nada es perfecto y siempre hay un pequeño precio que pagar en aras de un objetivo. Por ejemplo, somos la primera especie, entre los millones de especies que han existido, que tiene la capacidad de destruir toda la vida en la Tierra a golpe de clic y en cuestión de minutos. Ese es un precio que tenemos asumido y confiamos en que ningún presidente Chino, Ruso, Americano, Coreano o Iraní pierda completamente la cordura y organicen los mayores fuegos artificiales de despedida al mundo.

— ¿Qué piensas del teléfono móvil?

— Que es muy útil bien usado.

— A mi madre le parece que es el diablo.

— En cierta manera no le falta razón. He dicho muy útil bien usado. ¿Me has visto llevarlo encima estos días?

— No, pero seguro que donde tú vas no hay ni cobertura.

— Sin embargo, tengo un móvil y otro con conexión vía satélite para estar comunicado y localizado en cualquier lugar del mundo. Siempre tengo comunicación, aunque esté a 4500 metros de altura o en medio de la selva de Borneo. A diario no uso el móvil, porque he renunciado a la obligación que nos hemos autoimpuesto a la respuesta inmediata.

Cuando vuelvas de tu viaje, habrás pasado un mes sin teléfono y te darás cuenta que, aunque no hayas estado presente, casi todo sigue igual. Tus amigos siguen ahí, el sol volverá a salir por el mismo lugar, los ruidos de la ciudad serán los mismos. Tú habrás vivido sin enterarte de miles de pequeños detalles que no has necesitado conocer para nada y que solo hubiesen ocupado un segundo en tu vida antes de ser apisonados por otros tan intranscendentes como los anteriores.

— Los cinco primeros días creo que pasé el mono de mi adicción al móvil. Abría y cerraba el bolso, me tocaba el bolsillo trasero del vaquero buscando algo que no estaba. Así me di cuenta del buen culo que tengo.

— Doy fe de eso. Al principio el móvil sirvió para acercar a las personas, pero después los juegos y sobre todo las redes sociales en vez de acercarlas las están alejando. El ser humano tiende a creer que la felicidad, las cosas importantes, siempre están lejos. Las personas que merecen la pena siempre son desconocidos que no están a nuestro lado, no viven en nuestro barrio, ni en nuestro lugar de trabajo. Dedicamos horas a ver miles de perfiles en Facebook, de gente desconocida, que en el mejor de los casos alguien ha colgado diciéndonos como cree que es o como quiere que pensemos que es.

Sin embargo, no dedicamos un solo minuto al año a conocer a la panadera que nos da la barra de pan cada mañana, ni al joven que nos reparte un paquete o al pastor que solo necesita para ser feliz una navaja para tallar un trozo de madera, una barra de pan y un trozo de queso o embutido para compartirlo con su perro fiel. A veces, creo que Aristóteles tendría mucho que aprender de la filosofía de la felicidad de estas personas.

— La verdad es que estando aquí, tumbada tan a gusto, escuchándote, las redes sociales parecen tan lejanas. No sé si esto será vanidad, pero me siento la mujer más envidiable del mundo.

— Fíjate que hay persona que tienen tal dependencia que valoran su importancia en base al número de "me gusta" que reciben. Su escala de valores no reside en crearse como personas para ser ellos mismos, si no en crearse un perfil para gustar al mayor número de personas posibles y a las que no conocerá nunca.

¿Cómo puedo enamorarme de ti, si no puedo ver cómo se ilumina tú cara cuando te beso? ¿Si no sé que tienes una broma a punto cuando estás nerviosa, ni conozco tu enorme curiosidad por vivir cosas nuevas? Una máquina no me puede ayudar a descubrir todo aquello que te hace humana y especial y aunque pudiese, necesitaría descubrirlo por mí mismo. Esa parte humana es la que me gusta de ti y la que me hace querer tenerte a mi lado.

Alpha se irguió y lo besó.

— Una de las primeras cosas que me di cuenta en este viaje de apagón tecnológico es que, casi siempre, nos comunicamos por mensajes cortos de whatsapp y ese tipo de lenguaje no está hecho para transmitir sentimientos. Si algo me gusta de ti es que sé que nunca me enviarás un corazoncito rosa con una carita sonriente por whatsapp para ahorrarte decirme *te quiero*.

Joan la volvió a besar.

— Ya solo nos quedaría hablar del acopio de grandes volúmenes de información a través de la analítica de datos, lo que se conoce como Big Data que es a lo que se dedicaba mi empresa y lo que me decidió a dejar mi trabajo. Alpha, creo que antes deberíamos cenar. Ya vives aquí, así que ¿cocinas o friegas?
— Elijo fregar, pero mañana te prepararé una cena para que veas que las Villanovas nunca nos moriremos de hambre por no saber cocinar.
— Un risotto de setas, carne a la plancha y fruta ¿te parece bien? Dame cuarenta minutos.

Alpha subió al dormitorio que compartían y puso al día su cuaderno de viaje. Vio que las páginas se iban acabando al igual que los días de aquella aventura. Joan la llamó a cenar.

— ¡Qué bien huele!

Joan le pasó su bandeja con un filete a la plancha en un extremo y en el otro el risotto dibujando un corazón que había convertido en una carita sonriente con unas tiras de pimiento rojo. Joan reía a carcajadas ante la cara de sorpresa que había puesto Alpha. Esta abrió la boca y la volvió a cerrar.

— Pásame el agua, gamberro.

— ¿No te gusta mi comida "emoticonada"?

— Come y vete explicándome esa última parte que hizo que abandonases tu trabajo.

— Habrás oído hablar del Big Data. Es la manipulación de grandes conjuntos de datos. Te pondré un ejemplo muy sencillo. Hace treinta años, un hombre o una mujer salía de su casa, daba un beso a su pareja y se despedían hasta la noche o hasta que volvieran a encontrarse. A partir de ese momento nadie sabía dónde iba esa persona, ni si se paraba a desayunar en un bar, ni si se reunía con alguien en un sitio o dónde trabajaba. Nadie sabía si iba en coche, cogía un tren, ni cuál era su destino. Su vida era algo privado.

Apareció el móvil y se creó una red de antenas para poder establecer la comunicación. Cada antena detecta las señales de todos los móviles que se encuentran en su área de influencia. Así la compañía de teléfonos empezó a saber porqué calles circulábamos, si cogíamos un tren y cual era nuestro destino al ir pasando del radio de influencia de una antena a otras. Con qué personas nos reuníamos en un lugar y a una hora determinada, porque las otras personas también llevan móviles que usarían la misma antena. Para que te hagas una idea la compañía telefónica, a golpe de ratón, te puede decir con casi total exactitud el número de asistentes a una manifestación y, si esta es lo suficientemente larga, te podría decir si vas en la cabecera o cerca del final de la misma. Pero este es el ejemplo más sencillo.

— Hombre, puede ser algo desagradable que alguien pueda saber dónde estás en cada momento, pero también le sirve a la policía para saber si un criminal estaba en el lugar donde ha ocurrido un asesinato.

— Admitamos hasta aquí como el precio que hay que pagar. Luego llegaron los smartphones que son ordenadores portátiles que mediante juegos y aplicaciones suministran información de nuestros gustos, de nuestras creencias, de nuestra forma de pensar, de nuestras relaciones, es decir, de todo aquello que nos hace humanos. No te digo si encima usas las redes sociales, donde la gente vuelca su vida, minuto a minuto, para ponérselo más fácil a las empresas que comercian con estos datos a cambio de una falsa y vacía felicidad.

— ¿Y para qué les sirve esta información?

— Toda la información se trabaja mediante algoritmos que consiguen conocerte mejor que lo que te conoces a ti misma. Mediante la informática se obtiene, analiza y manipula toda esa inmensa cantidad de datos. Por eso los ordenadores cada vez necesitan ser más potentes. Hoy en día el más potente es el Summit de IBM, capaz de realizar 200 000 billones de operaciones por segundo. Ocupa lo que dos pistas de tenis. En 2020 los chinos están preparando uno capaz de realizar un quintillón de operaciones por segundo.

— ¿Cuánto es un quintillón?

— Una barbaridad, Alpha. Es un 1 seguido de treinta ceros. No creo que nadie sea capaz ni de escribir, en un segundo, un uno seguido de treinta ceros. Hoy en día se sabe que, algo tan aparentemente inocente como el juego Pokémon

Go, fue un experimento sociológico de como manipular masas de gente en todos los países del mundo a la vez y como conseguir que se desplacen a donde tú predetermines. La población creía jugar a un juego captando pokemons, mientras eran instrumentalizados y convertidos en algoritmos, para volver a ser utilizados siempre que se quiera manipular masas de personas. Te aseguro que todos esos datos que se obtuvieron están siendo meticulosamente analizados.

— Jolín, planteas un futuro muy deprimente.

— No es el futuro, es el presente. Es fundamental que las naciones pongan barreras a la intromisión en la vida personal. El capitalismo industrial ha destrozado en dos siglos los recursos del planeta, pero este nuevo capitalismo de vigilancia puede acabar en un par de décadas con todo lo que nos hace humanos. No tengo soluciones para frenar esta carrera demencial, pero sí tuve claro que no quería ayudar a alimentar la apisonadora sin saber que podremos frenarla.

No deseo que nadie conozca mi vida, lo que hago, donde estoy y cuales son mis gustos. Lo que pienso y lo que deseo. Quiero ser dueño de mi libre albedrío para decidir lo que está bien y lo que está mal sin que nadie me programe mis respuestas o mis reacciones sin que me de cuenta. Quiero sentir en la medida de lo posible que en mi vida mando yo.

Por eso en un mundo donde peligran los valores humanos, para mí, no hay nada más importante que el valor de tu mirada.

Aquel era el último día del viaje y Alpha le pidió que la llevase por última vez a ver la salida del sol. Quería volver a sentir la misma sensación del primer día. Además, tenía que despedirse de Bryan y de Robert al que le llevaba dos de sus golosinas favoritas.

Alpha sentía que las cosas pasaban a cámara lenta y que todos los actores interpretaban su papel en la obra mientras ella los observaba con agrado envuelta en una nebulosa.

Alpha volvió a la realidad cuando oyó relinchar a Robert fuera del bar. Estaban volviendo a interpretar la escena del almuerzo y escuchó a aquellos dos hombres como hablaban con entusiasmo del nuevo proyecto al que ambos se referían como "Proyecto Alpha". Unos minutos después Joan los dejó solos y Bryan que no era hombre de andarse con circunloquios le preguntó directamente:

— Entonces, ¿qué? ¿Te vas mañana y ya está o la próxima vez que te vea te estarás bajando de un camión de mudanzas? No es que a mí me importe, pero es que Robert lleva varios días preguntándomelo.

— Sí claro. Entiendo que sea el caballo el que me echará de menos.

— No quisiera que en este caso, como pasa a veces, perdáis una buena oportunidad que os da la vida para ser felices. Conozco al pequeño cacahuete y es tan respetuoso con la libertad de los demás que me da miedo que no te pida que te vengas a vivir con él y se quede esperando a que salga de ti. Lo conozco bien y en estos días lo has transformado. Afirmo y que sirva esto para motivarte, si vuelves te desvelaré el secreto que mejor guarda un escocés bajo su kilt.

— Veo que os apreciáis mucho y que sabes que una Villanova no puede resistirse a un buen misterio. También veo que Joan es un gran bocazas que te lo va contando todo.

— Te aseguro que no me ha dicho nada. Pero no ha nacido mujer, sea o no Villanova, que no se haga esa pregunta. Será por mis esbeltas pantorrillas.

Bryan soltó una carcajada que debió escuchar Robert porque le contestó con un relincho. En aquel momento volvió Joan y le ahorró a Alpha tener que contestar aquella pregunta para la que no sabía si aún tenía respuesta.

Al despedirse, Bryan la abrazó con sus grandes brazos, como un suave edredón relleno de plumón de oca.

— Espero que no solo nos cedas tu nombre al proyecto, sino que seas su madrina y formes parte de él.

Alpha pensó que aquel hombre, tan aparentemente rudo por su aspecto, tenía un corazón de mantequilla en punto pomada. Se montaron en el todoterreno, pero Joan no giró la llave del arranque. Los dos miraban hacia adelante concentrados en sus propios pensamientos. Así permanecieron un rato hasta que Joan rompió el silencio.

— ¿Dónde vamos?
— Si no te importa, volvamos a casa. Hoy me gustaría tenerte para mí sola.

Joan arrancó y condujo hasta el bungalow.

— Entremos por el garaje. Quiero imprimirte unas fotos para que te lleves de recuerdo. Creo que te gustarán.
— Cuando diga que he estado viviendo con un fotógrafo y no me ha sacado ninguna foto, no se lo van a creer.
— No seas impaciente y déjate llevar.

Entraron en la habitación donde estaba el laboratorio o como Joan la llamaba, la habitación donde se producía la magia. Alpha no había vuelto a entrar desde la primera noche que pisó aquella casa. Joan introdujo una tarjeta de memoria en el ordenador e inmediatamente vio iluminarse la pantalla de 50 pulgadas con una imagen suya mientras dormía. Su cara apoyada en la almohada, parte de su melena y uno de sus hombros desnudo llenaban aquella gran pantalla. De primeras le resultó raro verse así, pero se fijó en que a pesar de tener los ojos cerrados, la fotografía transmitía paz, serenidad, tal vez felicidad.

— Así que, ¿esa soy yo cuando duermo?
— ¿Te gusta? Creo que no me cansaría de ver esta cara a mi lado cada mañana.

Alpha consiguió resistirse a tener esa conversación que los dos sabían que iban a tener aquel último día. Joan empezó a pasar fotografías e iba dando la orden de imprimir las mejores en formato 21x29 centímetros. Cambió la tarjeta de memoria y la primera fotografía era del primer beso que se dieron teniendo al fondo el lago de la Renclusa.

— ¿Como hiciste esta foto? Esta no es un selfi. Además, recuerdo que estabas ocupado besándome.

Joan se reía.

— No sé si explicártelo o dejarte con el misterio.

Alpha le golpeó en el hombro.

— La saqué con la cámara de la mochila y el llavero donde llevo las llaves del coche es el disparador. ¿Cómo crees que se fotografían los animales salvajes en medio de la selva? Dejas la cámara en un punto concreto enfocada hacia algún lugar donde crees que vas a poder sacar al animal y esperas a distancia para que no salga huyendo.

Alpha vio que había fotografías de casi todos los sitios que habían compartido. Entre todas le gustó una en que aparecía de espaldas con el traje de neopreno puesto que le marcaba toda la silueta y el sol se reflejaba en las aguas azules del lago. Parecía un poster. Se lo comentó a Joan y este pulsó unas teclas en la impresora fotográfica. Alpha vio imprimirse su fotografía en gran formato. Los tonos azules, verdes y terrosos contrastaban con su silueta a contraluz y el color amarillo del kayak en la orilla ponía la guinda de color. Los dos se quedaron mirando la fotografía mientras sus brazos buscaban la cintura del otro antes de besarse.

Joan guardó las veinte mejores fotografías en un portafolios de tapas duras para que no sufriesen daño y la foto poster en un tubo de cartón portaplanos.

— Son las mejores fotos que le he sacado nunca a una mujer. Debes ser la cavernícola más fotogénica que ha estado en esta cueva.

Subieron al salón y se tumbaron en el sofá.

— Espero que como me has sacado tantas fotos no me hayas robado el alma además del corazón. Joan creo que tenemos pendiente una conversación que llevamos postergando varios días.
— Lo sé y me da miedo tu respuesta. Por eso he preferido vivir sin pensar en mañana, pero supongo que es la hora.
— Quisiera quedarme contigo.
— Y yo que te quedases.
— Mañana se acaba mi viaje y cojo un tren de vuelta a mi casa. Allí está toda mi vida, mi familia, mis amigos, mis cosas, mis costumbres. Por otro lado, no estará Bryan, ni su caballo loco, ni este sitio y, sobre todo, no estarás tú. Ni tus palabras, ni tus manos para acariciarme la melena, ni las cosas con las que me sorprendes a diario.
— Sé que soy egoísta si te pido que te quedes, porque yo no sería feliz si lo dejase todo y me fuese contigo. Supongo que no está bien pedir lo que no se está dispuesto a dar y sin embargo te lo pido. Yo sé que en una ciudad no sería feliz. Está bien para ir una noche al teatro, ver una exposición o pasar un par de días con la familia y los amigos. Pero es justo lo que abandoné para montarme la existencia en este lugar, vivir en esta cueva y con esta

forma de vivir y ser feliz. Tú me has añadido más intensidad a la palabra felicidad. No sé que me has hecho, pero me duele solo pensar que vamos a separarnos. Ni siquiera hemos tenido nuestra primera pelea, pero te quiero porque nunca había sentido por nadie lo que siento por tí.

— Joan, ¿qué vamos a hacer?

— Lo único que está claro es que mañana tienes que volver. Tendrás que descubrir si no ha sido más que una relación de verano de la que guardar un buen recuerdo o es algo más. Tienes que volver a tu anterior vida llena de redes sociales y de la tecnología de la inmediatez y compararla con la que has tenido aquí y elegir.

— En este momento, volver a la Alpha de hace un mes se me hace algo tan lejano. Mi madre dice que cuando un lugar te gusta mucho hay que dejarse algo olvidado, para así tener por lo menos dos motivos para volver.

— Curiosa señora tu madre.

Aquella tarde y noche hicieron el amor una, dos, tres veces. Hablaron poco. Ambos, como si fuesen uno solo, dejaron hablar a sus manos a través de sus caricias. Podía ser la última vez que estuviesen juntos. A veces, las palabras no pueden explicar la totalidad de los sentimientos. Solo el lenguaje de piel con piel lo expresa todo.

A la mañana siguiente Joan la llevó a la estación. Aquella experiencia era dura para los dos y ninguno quería decir nada que igual no fuese a ocurrir. Se besaron y Alpha subió al autobús que la llevaría hasta la estación de tren de Zaragoza.

Aguantó las ganas de llorar hasta que dejó atrás las últimas casas del pueblo.

Joan volvió a la casa que había sido testigo de su relación y sobre la almohada de la cama que habían compartido, vio el llavero de Hello Kitty. Intuyó y deseó con todas sus fuerzas que Alpha lo hubiera dejado para tener un segundo motivo para volver.

32.   El reencuentro

En medio del andén de la estación de tren, madre e hija permanecían abrazadas. Olga solo se separaba de Alpha para mirarla y volver a abrazarla. Veía a Alpha guapísima, con aquel tono dorado, pero sobre todo notaba que irradiaba felicidad por todos los poros de su piel. Aquella Alpha era muy diferente de la que se había despedido hacía un mes. Aquel reencuentro ponía punto final a tantas dudas, miedos y desasosiegos con los que había tenido que lidiar aquellos treinta y un largos días.

— Alpha, tenemos mucho de que hablar.
— Lo sé, mamá. Más de lo que te hayas podido imaginar en tus mejores sueños. Solo te pido que me des unas horas de tiempo hasta que me reagrupe. Siento que físicamente estoy de vuelta, pero creo que partes de mí se han quedado por el camino.
— Por cierto, antes de que se me olvide. Tu amiga Susi me ha vuelto loca estos últimos días. No hacía más que preguntarme sobre cuando volvías. Solo le he dicho que pronto. Creo que quiere que se lo cuentes todo y le mandes fotos, supongo que para subirlas a las webs.
— Me parece que de momento va a tener que esperar y luego se va a quedar con las ganas.

Olga vio que asomaba un largo cilindro del bolso de viaje.

— ¿Qué llevas ahí?

— Una fotografía del viaje tamaño poster.

— Hija, por favor, enséñamela. Sabes que no me puedo resistir a los misterios.

Alpha extrajo la foto y la desenrolló. Olga se quedó mirándola con detenimiento y solo pudo decir:

— ¡Que preciosidad! Parece una de esas fotos que salen en las revistas de viajes.

Alpha sonrió pensando que su madre no sabía lo cerca que había estado de la verdad. Estaban entrando en casa cuando Olga recordó:

— Hace unos días llegó una caja bastante voluminosa. Pensé que habías comprado algo y que lo enviabas a casa como hiciste con mi regalo de cumpleaños. Luego vi que lo remite un tal Julián.

Una caja de más de metro y medio por cuarenta centímetros de ancho descansaba encima de la colcha. Una nota manuscrita de Don Julián la acompañaba.

"Se que nuestra común amiga, pensaría que este pequeño presente no podría estar en mejores manos que en las suyas".

Alpha la desenvolvió y vio la hélice. Por fin pudo leer aquella placa que había estado casi un siglo mirando a la pared.

"Para Doña Genoveva do Santos, una mujer de altos vuelos con los pies en la tierra. En el cielo nos encontraremos".

— ¿Qué es, hija?

— Un trocito de historia. Un trocito de la historia.

Olga vio que su hija se había quedado pensando en algún recuerdo que le traía aquella hélice y sin decir nada la dejó sola.

Alpha cogió del bolso su cuaderno de viaje. Lo abrió y leyó el título que acababa de escribir hacía unas horas en el tren y que resumía todo el viaje: "Los pilares de Alpha".

Buscó la página hasta que encontró el sello de correos de la aviadora Elise Léontine Deroche. Por fin, la hélice, la placa con la dedicatoria y el sello iban a estar juntos.

— Me gusta que los planes terminen bien — dijo Alpha en voz alta.

33.   De vuelta en la cocina

Por la mañana Olga trasteaba en la cocina recolocando todo lo usado en la cena del día anterior, cuando escuchó que Alpha salía de la habitación. La oyó sentarse en el mismo taburete que usaba siempre para desayunar.

— Buenos días, mamá.

— Buenos días, Alpha. Creo que esta misma escena la representamos hace algo más de un mes. Afortunadamente hoy tienes mucho mejor aspecto. ¿Preparo un chocolate con madalenas?

— Nada me gustaría más, pero creo que intentaré mantener esa figura que viste ayer y que marcaba tan descaradamente el traje de neopreno. Siéntate que hoy preparo yo el desayuno.

— ¡Vaya, eso si que es novedad!

— Por cierto mamá, esta ciudad no tiene horizontes.

— Alpha, desde luego que no es New York, ni París, ni Madrid. Es una ciudad de tamaño medio, pero creo que ofrece suficientes posibilidades para una recién licenciada.

— No me refiero a horizontes profesionales. Esta mañana me desperté a las 6 y media de la mañana y salí al balcón para ver salir el sol. Tuve que esperar hora y media para ver el sol entre dos edificios. Aquí el sol no sale por la línea del horizonte, aquí aparece ya salido.

Olga la veía moverse por la cocina y pelearse con los electrodomésticos. El frigorífico, la cafetera, la tostadora y la licuadora estaban ganando el premio de su atención. Mientras tanto, parecía que había elaborado una teoría sobre la potencia sexual del sol y ella lo había visto salido. Aquella mañana nada era igual que hacía un mes. Olga suspiró y deseó que durante aquel tiempo su pobre hija, no hubiese sido abducida por alguna nave alienígena. Le daría un poco más de hilo para ver hasta dónde llegaba la cometa.

— Siempre se ha dicho que el sol está enamorado de la luna y por eso la busca durante todo el día. El sol es masculino y es muy frecuente, como ya debes saber, que los machos de las especies tengan despertares bastantes salidos.

— No te rías de mí o te quemaré las tostadas. ¿Has visto alguna vez amanecer por el horizonte? Dudo mucho que lo hayas hecho como he podido vivirlo yo.

— Por cierto, ¿qué hay en este portafolios que has dejado encima de la mesa?

— Míralo mientras termino de prepararlo todo.

Olga vio las fotografías. Unas eran más pequeñas y empezó por estas. Alpha aparecía con un par de amigas en distintos lugares. En un restaurante, en una discoteca dándolo todo en la pista de baile junto a un hombre de color y varios selfies junto a una chica rubita de cara pecosita y grandes ojos. Las fotos más grandes, se veía que estaban sacadas por otra persona y todas era magníficas. Los encuadres, el juego de las luces y las sombras, junto con la naturalidad con la que había captado la esencia de Alpha, las alejaba a años luz del mejor posado. Fue extendiendo las fotos por encima de la isla central de la cocina que pronto quedó cubierta. En una de ellas, Alpha estaba besando a un hombre entre dos peñascos de una montaña y un poco más abajo se veía el azul de un lago. Tenía que haber una tercera persona, porque estaba claro que los dos protagonistas de la instantánea estaban ocupados en medir sus labios.

— Mamá, deja libre la mesa que va a estar el desayuno.
— Mejor desayunamos hoy en el comedor, que luego quiero verlas más despacio.

Olga tuvo que hacer un gran esfuerzo para no hacer una de las muchas preguntas que le habían provocado las fotografías. Conocía a su hija y sabía que si mostraba mucho interés, Alpha disfrutaría haciéndola esperar. Se conocían muy bien la una a la otra. De hecho llevaban juntas toda la vida.

Olga fue a sentarse a la mesa del comedor y aprovechó para darle cuerda al molino que le había regalado por su cumpleaños. Alpha apareció llevando una bandeja y lo primero que vio al entrar fueron las aspas del molino girando sobre su eje. Sabía que era una petición sibilina de su madre para aclarar aquel título de *"alegoría de mi viaje"* con que había acompañado el regalo.

— Veamos cómo está esto — dijo, colocando en la mesa dos zumos de naranja y plátano recién exprimidos, dos tazas de café y cuatro tostadas de jamón y tomate.
— Seguro que está buenísimo, además ya sabes que todo siempre está mejor si te lo preparan. Ya sé que me pediste tiempo para reordenar tus pensamientos, pero al menos me podías decir algo, en general, sobre tu viaje.
— El viaje, de salud, bien. Gracias.

Alpha soltó una carcajada. Disfrutaba teniendo a su madre esperando los detalles. Decidió no hacerla sufrir más. Realmente aquel viaje había sido una magnífica idea de su madre y el mejor regalo que esta podía haberle hecho.

— Mamá, el viaje bien. Yo diría maravillosamente bien. Tengo que reconocer que ha tenido diversas etapas. Me fui buscando respuestas a preguntas para ser feliz y las encontré, pero también encontré otras preguntas que necesitan otras respuestas. Lo mejor ha sido descubrir que la felicidad no está en las preguntas ni en las respuestas si no en la búsqueda de las unas y las otras.

— Menos mal que te puedo ver y tocar. Si no, pensaría que estoy viviendo un sueño. ¿Qué ha sido de la joven que llevaba toda su vida en su teléfono móvil?

— Si la encuentras, dímelo, y quizá así dejaré de hacerme preguntas. Ayer se me ocurrió ponerlo a cargar después de un mes y empezaron a entrar cientos de correos, miles de wasap y docenas de llamadas telefónicas perdidas. No quise ni abrir Facebook, Twiter, ni Instagram. Esta mañana mientras esperaba ver amanecer he decidido borrarlo todo sin abrirlo.

— Pero eso habrá sido como borrar un mes de tu vida, ¿no?

— No lo creo. Más bien he ganado un mes. Es lo que hubiera tardado en abrir tal cantidad de mensajes, aunque hubiese decidido no contestar a ninguno. Si he pasado un mes sin leerlos y he sobrevivido seguro que la importancia que tenían cuando me fueron enviados ha perdido su interés.

Olga miraba a Alpha, mientras bebía el zumo, intentando encontrar algo de la niña que despidió en la estación, en la mujer que tenía sentada enfrente.

— Está muy bueno el zumo, hija. Me parece un cambio muy drástico si no va acompañado de un cambio radical de la escala de valores.

— La primera semana la pasé un poco cabreada por tu obstinación a que no me llevase el móvil en el viaje.

Después, descubrí cuál era el motivo real del viaje. Querías cumplir con tu promesa que cuelga encima de la cabecera de mi cama. Esa donde me decías:

"Yo te llevaré a la encrucijada de todos los caminos posibles y te dejaré que elijas uno sabiendo que, si te equivocas, te estaré esperando en el cruce de caminos del que partiste"

— Creo recordar que lo hablamos en su momento.

— Sí, pero entendí lo que querías decir con frases como: *"Dejar de ver para aprender a mirar. Aprender a escuchar nuestros propios sentimientos. Aprender a aceptarnos como somos. A querernos o a odiarnos sin artificios. Mirar el mundo con otros ojos. Respetar mi yo interior. Disfrutar del anonimato".*

Antes eran frases, ahora son contenidos y esos contenidos necesitan tiempo para ser escuchados y, desde luego, no pueden ser resumidos en un emoticono.

Olga la escuchaba con atención.

— Por cierto, no me has dicho si te gustó mi regalo por tu cumpleaños.

— Es muy bonito. Fue una gran sorpresa

— La tarjeta era pequeña y solo pude escribir el título del regalo: *Alegoría de mi viaje.* Supuse que no necesitaba ninguna explicación. Era evidente.

— Claro, claro, no había ninguna necesidad. De hecho, ni se me ocurrió pensar en ello.

Las dos se miraron y soltaron sendas carcajadas. Ninguna había conseguido engañar a la otra. Alpha le explicó que el viento era el camino que puede cambiar de dirección alterando la orientación de las aspas y haciendo que ocurran diferentes cosas en el tiempo, marcado por el reloj, a poco que se provoquen situaciones nuevas.

— Exactamente — dijo Olga — Como si hubieses leído literalmente lo que pensé. De todas formas, la próxima vez puedes enviar una tarjeta más grande y dar algunas pistas. Lo digo por tu hermano que lleva 20 días preguntándose que significaba.

— Mamá, no puedo retrasarlo más. Creo que debería llamar a Susi.

— ¿No la llamaste ayer por la noche?

— No. Decidí darme un respiro. Quieres creer que estoy nerviosa.

— ¿Nerviosa por ver a tu amiga?

— Nerviosa por reencontrarme con la Alpha que soy o que era y no sé si me va a gustar.

— Queda con Susi y vete con la mente abierta. Nunca hay que sentir miedo a la realidad. Ni lo que fue, ni lo que será tienen ninguna importancia. Lo único importante es lo que se es ahora. Llegado el momento se decide y se actúa.

— Me voy a mi habitación, porque esta conversación puede
llevarnos horas.

— De acuerdo, hija, yo recojo el desayuno.

34.   Bryan y Joan se confiesan

Bryan oyó relinchar a Robert en varias ocasiones. Salió al porche y lo vio galopando hasta la entrada de la finca. Descorrió el pestillo y abrió la cancela. Un minuto más tarde apareció Joan conduciendo el 4x4 y parándose junto a la verja le dio una zanahoria. Aparcó junto a la casa y subió los cuatro escalones estrechando un abrazo con Bryan.

— Me lo estáis malacostumbrando. Al final os va a querer más que a mí.

— No te pongas celoso. Para ti también traigo algo.

— ¡Un *Aberlour* de 18 años! ¿De dónde has sacado esta joya?

— Hoy he recibido una caja de madera con dos botellas. La otra te la beberás cuando pases por mi casa. Debe ser el agradecimiento de un inglés que perdió toda la documentación oficial, las tarjetas y todo lo que llevaba en la cartera y al que ayudé a salir del problema.

— Al menos el inglés tenía buen gusto. Pasemos adentro y hagámosle los honores.

Un par de chupitos más tarde, Bryan comentó:

— Hace un par de días que no sabía nada de ti. Empezaba a preocuparme. Ni me has mandado un wasap con tu movimiento ante mi jaque al rey. ¿Qué te pasa?

— Digamos que no estoy pasando por un buen momento. Si salgo a la calle, no me concentro, y si me quedo en casa, que como sabes siempre ha sido mi cálido refugio, ahora me parece fria y vacía.

Los dos hombres se quedaron mirando en silencio los vasitos de whisky.

— Bryan, nunca te lo he preguntado. ¿Cuál fue la causa de tu divorcio? Siempre me has hablado bien de tu exmujer.

— Estuvimos quince felices años casados, pero yo no era la misma persona con 45 años que quince años antes. Yo ganaba mucho dinero y hacía que los jefes ganasen muchísimo más. Llegó un día que decidí encontrar la forma de ser feliz sin tener que cerrar fábricas, sin despedir a cientos de trabajadores cambiando de país los centros de producción y sin hacer mucho más ricos a los super ricos.

Kristen estaba acostumbrada a vestir de Valentino, Coco Chanel, Armani y Karl Lagerfeld. Un día le dije que lo dejaba todo. Que quería vivir una vida más sencilla, pero más feliz. Aquí me falló el bolero de los Panchos. Yo le dije ven y ella no lo dejó todo. Yo le dije ven y me dejó solo.

Pequeño cacahuete, cuando algunas mujeres tienen que elegir entre su guardarropa y tú, llevas todas las de perder. Kristen me dijo, que necesitaba tener a su lado un hombre que, cada día, la llevase a la luna. Yo solo podía prometerle llevarla, cada noche, al reflejo de la luna en la superficie plana de un lago. Nos repartimos la pequeña fortuna que había ido acumulando y ahora creo que calienta la cama de un banquero sexagenario que de día la llevará a la luna, pero según me contó un día, de noche no le hace ver las estrellas.

— Pues ella se lo pierde— añadió Joan.

— Entonces, ¿lo de Alpha cómo va?

— Tengo varias ideas que seguro que te gustarán.

— Pequeño cacahuete, con lo inteligente que eres para algunas cosas, a veces pareces tonto. No te pregunto por el proyecto Alpha si no por tú relación con Alpha. De las cosas del corazón, el cerebro no entiende. Espero que si en un par de días más no tienes noticias suyas, te pongas la armadura de Cid Campeador y trepes hasta la torre más alta del castillo donde habite la princesa, llevándole la cabeza cortada del dragón de tus miedos, como regalo.

— ¿Por qué, debería hacerle eso? ¿No debería simplemente respetar su decisión?

— ¿Qué por qué deberías hacerlo?

Porque es culpable de ser inteligente, lista, discreta, guapa y educada. Culpable.

Porque es culpable de haber conseguido desmenuzar, en una semana, ese pedrusco que tienes por corazón y convertirlo en arenilla de playa. Culpable.

Porque es culpable de haber hecho temblar tus pilares y haberle dado una nueva dimensión a la palabra felicidad. Culpable.

— Visto así, desde luego que es culpable y debería ser condenada a pasar a mí lado el resto de sus días. Culpable.

— En las cosas del amor, más vale jugársela y equivocarse que quedarse pensando lo que pudo haber sido y no te atreviste a hacer. Por último y no por eso menos importante, necesitamos una coordinadora que sea el alma mater del proyecto. Alpha podría ser la persona ideal. Habla inglés perfectamente y otros idiomas. Es culta, inteligente, está preparada y tiene el entusiasmo que da la juventud. No se me ocurre nadie mejor.

35.   Susi y Alpha

Alpha colgó el teléfono tras media hora de conversación. Habían quedado a comer, después de algo más de un mes, en lo que Susi había bautizado como "la primera comida de dos licenciadas"— ¡Chupi! — Realmente solo habían pasado cinco semanas, pero había vivido tantas cosas en ese tiempo que realmente le parecía un hecho más lejano.

Salió al balcón y vio que el sol pegaba con fuerza. Se puso unos vaqueros y dudó entre ponerse una blusa fresquita color salmón o la camiseta ajustada estampada con cumbres de montaña. Eligió los pendientes azules que compartía con Andrea y unas sandalias de tacón bajo. Se decidió por llevar la melena suelta, aunque se aseguró de llevar un par de coleteros en el bolso por si tenía mucho calor y nada de maquillaje. La verdad es que lucía un moreno natural precioso. En la cocina su madre estaba volviendo a mirar las fotos.

— Mamá, he quedado con Susi. Comeremos fuera. Si no te importa me llevo las fotos. Luego las traeré. Es lo primero que quiere ver. La verdad es que las tengo en un pendrive que me dio Joan, pero de momento paso de que mi vida esté colgada en las redes sociales.

— Reconozco que tu amiga te debe de querer mucho, pero es bastante pesada. Me llamaba cada día y solo le podía contestar que no tenía ninguna noticia.

— Me llevo el móvil, pero solo para cosas importantes. Ya sabes, que el ginecólogo te ha dicho que te has vuelto a quedar embarazada y cosas así.

— ¡Uy, por Dios! Quita, quita, que ya no está una para esos trotes.

— Sí, sí, tú juega con fuego y a ver si te quemas. Me han dicho que Arturo está hecho un semental.

— Hasta la noche, payasa.

Hacía 20 minutos que Alpha esperaba sentada a una mesa en la Cafetería Bohemian Street. El propietario se esforzaba en crear un ambiente cultural y artístico. En las paredes colgaban cuadros de pintores que exponían alguna de sus obras por primera vez y que normalmente no eran el presagio de un futuro brillante. Llevaba un rato mirando un cuadro de un metro por un metro que colgaba frente a ella. Sobre un lienzo blanco, cuatro manchas de distintos colores sin formas definidas y un reguero de gotitas rojas como el que se forma cuando se sacude el pincel para quitarle el exceso de pintura.

Pensó cual sería el significado de aquel cuadro. Cuál podía ser el mensaje metafísico que nos quería trasmitir el pintor. *¿Estaría bien colgado? Si se giraba el lienzo y se colgaba de cualquiera de los otros tres lados ¿cambiaría el significado de la obra?* No pudo resistirse y se levantó para leer la tarjetita donde ponía el título de la obra: *"Anatema de la Torre de Babel"*. Alpha no pudo contener la risa. Aquel pintor era un crac. Un revolucionario de la pintura de todos los tiempos. Tenía, necesitaba comprar aquella obra maestra, sobre todo si se la vendían con la tarjeta del título. Era el regalo perfecto para el próximo cumpleaños de su madre. Bastaba con poner por detrás, feliz cumpleaños. El cuadro lo decía todo.

Por fin, treinta minutos después de la hora acordada vio entrar a Susi. Llevaba un conjunto de pantalón corto y blusa rosa palo y unas sandalias de taconazos que presagiaban que no irían muy lejos caminando. La vio quitarse las gafas de sol y buscarla por el local con la mirada. Alpha levantó un brazo para captar su atención.

— ¡Alpha!, - gritó Susi.

A punto estuvo de perder la verticalidad en un par de ocasiones, intentando sortear las cuatro o cinco mesas que se interponían a su paso, subida en aquellos tacones. Por fin, las dos amigas se abrazaron.

— Te he echado mucho de menos. Que sepas que me he sentido muy sola todo el mes.
— Veo que te has puesto muy cómoda para caminar.
— Quería hacer una entrada triunfal, pero ya me estoy arrepintiendo. Me he traído unas bailarinas en el bolso. Luego me cambio en los servicios. Bueno, cuéntame todos los detalles, sobre todo los más escabrosos. Lo quiero saber todo.
— El viaje ha ido muy bien, he disfrutado mucho y ha sido enriquecedor en muchos aspectos.

En aquel momento sonó el teléfono de Susi. Esta se abalanzó sobre su bolso, buscándolo. Mantuvo una corta conversación y Alpha escuchó:

— …que sí, que ahora lo miro y te digo. Era Félix, un chico que conocí hace unos días, es simpático y se pasa el día mandándome whatsapp. Me ha dicho que me ha mandado algo. Perdona un momento.

Alpha la vio trastear en el móvil. Buscaba rápidamente entre una lista infinita de whatsapp.

— Qué tonto es. Creo que le gusto, pero la verdad es que a mí solo me hace gracia. Espera un momento, le contesto y me cuentas.

Otro par de minutos pasaron viendo moverse los agiles dedos de Susi sobre las teclas del móvil. Extrajo el portafolios del bolso, esperando que las fotografías captasen su atención.

— Bien, ya está. Cuéntame.
— Mira, estas son todas las fotografías que tengo del viaje.
— Que bonitas. Mándamelas por whatsapp y las subimos a las redes. Vamos a hacernos un selfie de nuestro reencuentro y lo subimos a Instagram.
— Si no te importa, le pedimos al camarero que nos haga una foto que seguro que sale más bonita. Además de fondo quiero que salga ese maravilloso cuadro.

Susi la miró con cara de no entender nada.

— Déjalo, son cosas mías. Mira estas son Marta y Andrea. Dos amigas que conocí en Alicante.
— ¿Y este morenazo de 2 metros con el que estás bailando? Conmigo nunca quieres ir a la discoteca.
— Fue una noche de fiesta continua que duró hasta más allá del amanecer. Creo que bebí demasiado. Estábamos en Benidorm y menos mal que Marta es abstemia y nos

devolvió a Alicante. Hay fotos que no recuerdo ni cuándo se sacaron.

El teléfono de Susi estaba encima de la mesa y se iluminaba constantemente cada vez que entraba un whatsapp. Alpha veía como Susi lo miraba cada vez que se encendía la pantalla.

— Discúlpame, es que no me dejan en paz.
— Pues no lo cojas — dijo Alpha.
— Tardo solo un momento. Sigue hablando que te escucho.

Alpha hizo un corto intento para seguir manteniendo la conversación, pero vio que Susi estaba abstraída leyendo y contestando whatsapp que volvían a recibir una respuesta tras otra y se calló. Dos minutos después Susi, como sí hubiera seguido toda la conversación que no había existido, dijo:

— Entonces, ¿qué me cuentas de este Adonis de color?
— Creo que se llama Washington, es puertorriqueño y relaciones públicas de la discoteca. Me tuvo toda la noche bailando salsa.

Volvió a sonar el teléfono de Susi y esta contestó. Alpha se había ido calentando y ya no podía más. Se levantó y se fue al servicio. Abrió el grifo y metió las manos en el agua fría. En 20 minutos había conseguido cabrearla. Era imposible mantener una conversación sin interrupciones. *¿Para esto tanto interés en saber de ella? ¿Para esto quedamos cuanto antes que quiero que me lo cuentes todo?* Era como uno de esos experimentos de comportamiento condicionado.

Cada vez que se encendía la luz del móvil, la mona tenía que saltar. La educación, la empatía quedaban anuladas ante aquella luz encendida. La luz se encendía, Susi cogía el móvil. Era la inmediatez por la inmediatez de la respuesta, sin causa, motivo o necesidad. Era una adicta en estado puro.

Alpha se mojó repetidamente la cara, se apoyó con ambas manos en el lavabo y mirándose detenidamente en el espejo se preguntó:

— ¿Tú eras así antes?

Estuvo un rato mirándose cara a cara, intentando encontrar una respuesta. No sabía si alguna vez lo había sido, pero el solo hecho de serlo le produjo un escalofrío. Alpha volvió a la mesa a tiempo de oír la última parte de una conversación.

— …sí, no te preocupes. Ya ha vuelto y está aquí conmigo. Se lo cuento, te llamo y te lo confirmo. Adiós.

— Era Jesús, de la universidad, el de las gafitas de pasta azules. Es el que se está encargando del viaje de fin de carrera. Después de valorar diversos lugares parece que nos vamos a Punta Cana. Será la tercera semana de septiembre que es más barato. Le he dicho que te lo diría, pero supongo que iremos. Te imaginas una semana en la playa, tumbadas al sol o a la sombra de una palmera y tomando agua de coco con ron dominicano. Miré en Internet y vi que los dominicanos son muy dados a beber "mamajuana" que es una mezcla de ron, vino tinto y miel y dicen que es muy afrodisiaca. También la llaman "Hacedora de bebes" o "Para el palo". Eso es lo que necesitamos tú y yo, un buen palo.

— Te aseguro que ese mamajuana no será mejor que un licor de hierbas pirenaicas. No sé por qué nos empeñamos en buscar la felicidad en países exóticos cuando la fauna nacional también puede ser muy exótica.

— No vas a comparar esas playas de arena blanca con palmeras, el azul de esas aguas cristalinas, bailar merengue en la discoteca del hotel por las noches…

Volvió a sonarle el teléfono. Alpha aprovechó para seleccionar cuatro o cinco fotos. Allí estaba todo por lo que suspiraba Susi. La playa nudista de los Arenales del Sol con dunas y palmeras. El azul del cielo reflejado en la superficie de los lagos, bailar merengue, salsa, la cumbia en una terraza a la luz de la luna en Benidorm y de palo, de palo iba sobrada.

Por un momento pensó en intentar explicarle lo que ella sentía. Desechó la idea. Todos podemos ver, pero a mirar se aprende y no hay libros de autoayuda que con un decálogo de frases más o menos ocurrentes enseñen el camino de la felicidad. Si no, Paulo Coelho sería el nuevo Mesías. Le hizo gracia este último pensamiento y se rio en el momento que Susi colgaba. Esta la miró extrañada.

— Bueno, entonces ¿qué? Supongo que contamos contigo
— No. Creo que este viaje me lo voy a perder.
— ¿Por qué?
— Por muchas razones. Te podía decir, que acabo de llegar de un viaje de un mes y que me apetece descansar. Que he estado tres semanas en la playa y he tenido todo el sol que voy a necesitar este año o que bastante cara le he salido ya a mi madre. Todas ellas serían ciertas, pero no dejarían de ser excusas. La verdad es que un viaje con los compañeros de clase no me seduce. Sabes que el 70% o más, tienen la idea de emborracharse todas las noches.

Dormir todo el día y a media tarde recomponerse un poco en la piscina del hotel hasta la hora de ir de copas. Al final acabaremos tú y yo solas en la playa o acompañadas por algún que otro compañero tan friki como nosotras. Sabes que va a ser así. Personalmente prefiero reservarme para el día que alguien tenga un ataque de nostalgia en plan "todo tiempo pasado fue mejor" o "aquellos maravillosos días" y organice una cena de graduados de la misma promoción.

Susi tenía cara de decepcionada. El teléfono volvió a sonar.

— Te juro, Susi, que como contestes te quito el móvil y lo meto en esa pecera.

Susi la miró y vio que no bromeaba.

— ¿Dónde vamos a comer? ¿Chino o italiano?
— Si no te importa, prefiero un italiano y espero que tengan un buen quianti —dijo Alpha.

El teléfono se iluminó varias veces, pero Susi se contuvo.

— Aquí cerca han inaugurado una nueva trattoría. Creo que se llama *Pomodoro*. Podemos ir andando, pero antes me quitaré estos taconazos.

Cogió el bolso en una mano y el teléfono con la otra y se dirigió hacia los servicios. A Alpha no le pasó desapercibido el detalle y la embargó una profunda tristeza.

La comida transcurrió sin muchas confidencias. Alpha optó por hacerle una y mil preguntas para que la pusiera al día mientras ella degustaba aquel quianti que le sabía a mar y a lluvia de estrellas.

[***]

— Alpha, ¿tan pronto en casa? No te esperaba hasta la noche.

— Perdona mamá, pero te he usado como excusa. Que sepas que en este momento te estoy acompañando al ginecólogo, porque no querías ir sola.

— Creo que el hombre del tiempo se ha equivocado. Ha pronosticado buen tiempo y veo nubarrones en tu horizonte. ¿Qué ha pasado?

— ¿Estás segura que solo ha pasado un mes que me fui? Tengo la sensación de haber estado en coma varios años mientras mi mundo cambiaba sin que yo fuera consciente.

— ¡Atenta la tripulación! ¡Mar de fondo por la amura de estribor! ¡Rizar la mayor! ¡Enrollar el foque en la proa! ¡Cierren escotillas y tambuchos! ¡Timonel, ciñendo las olas! ¡Atentos a los acantilados!

— Mamá, ¿te está dando un ictus?

— Perdona hija, es que cuando veo venir la tormenta me posee el espíritu de la capitana pirata Grace O Malley e intentaba que el barco no zozobrase. ¿Quieres un café o sería más propio que te ofreciese una copa de ron?

— Mejor ponme un chupito de whisky que hoy no he rezado… y no preguntes, porque eso forma parte de otra historia.

Olga preparó dos cafés y dos chupitos de whisky.

— ¿Qué ha pasado?

— Habíamos quedado como otras veces en Bohemian Street. Como siempre, llegó media hora tarde así que hasta ese momento todo era normal. Dos besitos, un "cuanto te he echado de menos" y un "lo quiero saber todo" después, no conseguíamos hilvanar una conversación que durara más de dos minutos.

— ¿Qué pasaba?

— Es una friki, una adicta al móvil. En cuanto se enciende la luz de la pantalla o suena la alarma, salta como un resorte y necesita contestar. Te deja con la palabra en la boca. Se olvida de cualquier forma de educación, respeto o consideración hacia la persona con la que está.

Me estaba cabreando y me he ido a los aseos. Me he mojado la cara y me he mirado en el espejo. Me he acostumbrado a tener conversaciones serenas, tranquilas, con gente que no me oía si no que me escuchaba. Con personas que me miraban a los ojos y que, en ese momento, en cada momento me hacían sentirme querida y valorada. Me he dado cuenta que me estaba engañando a mí misma. Lo que no me gustaba de aquella situación no era la falta de deferencia de Susi hacia mi persona, sino que era el reflejo de la Alpha que fui en algún momento.

— ¿Te acuerdas cuando te propuse el viaje? Te dije que cuando pasase el mes, seguramente algo habría cambiado en tu forma de ser y que ese camino no tendría vuelta atrás.

— Sí, y que de todas formas estarías esperándome en el cruce de caminos.

— Seguramente sea eso lo que ha pasado. A lo largo de la vida te encontrarás con situaciones como esta. Te pondré un ejemplo.

Dos jóvenes se conocen, se enamoran, se casan, viven unos años felices juntos y tienen hijos. Hasta aquí todo perfecto. Pasan diez o doce años, ya no son tan jóvenes y él evoluciona en un sentido y ella en otro diferente. ¿Realmente hay alguno que sea culpable o, simplemente, con el día a día, sus caminos se fueron separando hasta dejar de verse? ¿Ambos han fracasado o simplemente "así es la vida"?

— Me estás hablando de papá y tú, ¿no?

— Pudiera ser. Lo que está claro es que una manzana que se parte en dos mitades no se puede unir por mucho que las aprietes. En el mejor de los casos, conseguirás hacer puré de manzana.

— Cuánto echaba de menos estas conversaciones contigo. Sabes que en este viaje me he encontrado con otras personas como tú.

— Perdona niña, tu madre es única. Por cierto, explica ese "como tú".

— Personas con las que se puede hablar, que saben escuchar, que parecen haberlo vivido todo y saber de todo. Personas que tenéis ideas propias, razonadas y razonables. Que os alejáis de los clichés y de los mantras que a base de repetirse se convierten en lo socialmente correcto. Por cierto, una de esas personas me dio dos besos para ti. Te hubiera gustado conocerla.

— ¿Quién era?

— Se llamaba Doña Genoveva Barbosa y falleció dos o tres días después de conocerla. Con un par de conversaciones nos hicimos amigas. Creo que ambas llegamos a apreciarnos. Como ves, empecé el viaje enfrentándome, por primera vez en la vida, a la muerte.

Alpha le contó con todo tipo de detalles como había conocido la Librería Internacional, los tesoros que guardaba entre sus cuatro paredes y como gracias a la imposición de ella, había sentido la necesidad de comprar un cuaderno de viaje.

— Por primera vez vi la muerte como una parte más y una parte importante de la vida. Eso me hizo pensar.
— Es un tema duro al que mucha gente desecha enfrentarse desde un punto de vista racional.
— Lo sé, pero supongo que a las Villanovas nos gustan los misterios.
— ¿Y se puede saber si llegaste a alguna conclusión?
— Lo primero que pensé fue que, como mínimo, había dos formas mayoritarias a la hora de enfocarla. La primera sería desde un punto de vista religioso y cuando digo religioso me refiero a todas las religiones, no solo a la cristiana. Básicamente cristianos, musulmanes o hinduistas creen que la vida es un breve periodo de tiempo en el que el ser humano es puesto a prueba para demostrar que es merecedor de alcanzar el Cielo, el Paraíso o el Nirvana.

Todos contemplan la idea del pecado y los creyentes admiten la idea de que a esta vida hemos venido a sufrir. Todos los gurús de cada religión marcan lo que está bien o está mal. ¿Por qué?, te preguntarás. Porque lo dice el ser superior y tú, pobre creyente, eres demasiado insignificante para entenderlo.

Practican una especie de chantaje moral. Ahora que lo pienso mamá, tú hubieses sido un buen sacerdote, imán o brahman. Cuando era niña me decías: *"Si quieres postre (el Cielo), cómete primero las verduras (sufre)". ¿Por qué?, preguntaba llena de inocencia. "Porque lo digo yo y sé lo que te conviene".*

Pues tu hija ha crecido y mientras la existencia de ese Cielo, Paraíso o Nirvana siga siendo un acto de fe y no se pueda demostrar de forma indiscutible, paso de sufrir en vida no sea que cuando me muera todo haya sido un engaño. Eso es lo que pienso hoy por hoy, mañana ya veremos. Evidentemente que respeto a todos los que no piensen como yo en la misma forma que espero que me respeten.

— Afortunadamente ser sacerdote, imán o brahman suele estar reservado a los hombres. Ocultar esta esbelta figura que todavía conservo bajo una túnica por muy sagrada que fuese, sería un auténtico sacrilegio.

— Eso mamá, tú vente arriba. Me parece que los chupitos de whisky empiezan a hacerte efecto. Por cierto, sirve dos más que ya te ayudaré a llegar a la cama.

— Me has hablado de dos formas a la hora de enfrentarse a la muerte. ¿Cuál es la segunda?

— Está formada por los descreídos de la visión religiosa. Necesitan igual que todos encontrar respuestas a las eternas preguntas. ¿Quiénes somos?, ¿de dónde venimos?, ¿para qué estamos aquí? Unos creen en la reencarnación. Morimos, pero no dejamos de existir. Nos reencarnamos en una flor, en un animal, en otra persona, pero no recordamos nada de nuestra vida anterior. Me pregunto, ¿no es esto igual que morir y pasar a la "nada"?

También hay docenas de otras teorías que intentan explicar la muerte. Unos dan una importancia fundamental a la posición de los astros en el momento de nuestro nacimiento. Otros niegan el libre albedrío y creen que nacemos con un guion ya escrito y que ocurrirá hagamos lo que hagamos. Están los que creen que al morir nos volvemos a fusionar con la energía que fluye por el espacio desde el inicio de los tiempos y que por un momento se había concentrado en nosotros. Si lo prefieres en versión frikis de Star Wars, cuando te mueres "que la fuerza te acompañe".

— Evitaré adjetivar la alusión a Star Wars. Entonces, ¿has llegado a alguna conclusión?

— Creo que podría declararme: escéptica y militante de la búsqueda de la felicidad en la vida. Intentaré explicarme, aunque sé que tú las entiendes a la primera. Digamos que la muerte estar, está. Pero que no estoy de acuerdo. Del hecho que se presente con cara amable, como el pago necesario para acceder a un estado etéreo mejor, digamos que soy escéptica.

La muerte es siempre fría, inoportuna, desagradable, improcedente y descortés. Como no me transmite confianza he decidido hacerme militante de la búsqueda de la felicidad en vida. Solo creo en la vida. Es lo único que está demostrado que es real, cuantificable, que existe y que es un tesoro finito que tenemos y debemos aprovechar. Creo que el gran derecho y el gran deber que tenemos en la vida es la búsqueda de la felicidad.

36. Conversación entre Olga y Alpha

A la mañana siguiente Alpha se levantó y se dirigió a la cocina. Su madre parecía que se disponía a preparar el desayuno, pero sus movimientos parecían que se producían a cámara lenta.

— Buenos días, mamá ¿Qué tal has descansado?

Olga se volvió a mirar a su hija y esta creyó estar viviendo un mal sueño. Aquella no era la mujer siempre perfectamente arreglada y llena de vitalidad que era su madre Más bien parecía la bruja malvada de Blancanieves

— Hija, ¿qué me hiciste beber ayer?
— Whisky, pero creo que se te fue la mano.
— ¿Fumamos porritos?
— ¡Mamá, yo nunca he tomado drogas! Ya veo que tú sí.
— Solo para probarlos y poder avisarte de los peligros. Ayer lo pasamos bien, ¿no?
— Jolín, tienes una resaca del diez. Será mejor que te acuestes.
— No puedo. He quedado con don Remigio, el notario, para firmarle unos papeles.
— Anda dúchate y cuando te recompongas te pondré un café bien cargado.

— Creo que me sentó mal el último chupito.

— Seguro que fue eso. Ya se sabe que el último lo carga el diablo.

Alpha se lo estaba pasando genial. Nunca había visto a su madre en ese estado. A fin de cuentas, una resaca te hace un poco más humano. Se quedó sola y pensó que en aquella cocina siempre pasaban las cosas más interesantes. Había decidido que aquel día iba a contarle a su madre la parte más sustanciosa del viaje, pero igual había que suspender el partido por encontrarse el terreno de juego embarrado. De momento solo se podía esperar al regreso de Doña Olga a la escena.

Media hora más tarde su madre apareció fresca como una rosa, preparada hasta el más mínimo detalle, oliendo a perfume caro, pero llevando las gafas de sol dentro de casa. Sin preguntarle, Alpha le puso delante una taza de café humeante.

— ¿Tienes tiempo o te tienes que ir al notario?

— Me sobra media hora, y si no es suficiente te puedes venir conmigo y pasamos la mañana juntas.

— Supongo que tendrás algo de curiosidad por saber lo que me ha pasado en el viaje. — sin esperar respuesta, Alpha continuó — pues lo primero fue que conocí a una chica. Se llama Andrea. Es española, rubia con pequitas en la cara y grandes ojos azules. Es muy inteligente y está investigando con una beca en Italia sobre un tema de enología. Estaba de vacaciones, nos gustamos y nos quisimos.

— ¿Y?

— ¿Cómo que "y"? Pues eso, que nos acostamos. Es muy dulce y creo que se enamoró de mí. Al menos eso me decía.

A mi me gustaba y viví a su lado cosas muy agradables que nunca hubiese pensado en sentir al lado de una mujer.

— ¿Y?

— Jolín, mamá. Te digo que me he acostado con una mujer y solo se te ocurre decir "y".

— Perdona, hija. Quizá debí decir "¿y fuíste feliz?".

— Mamá, a veces me descolocas. Te cuento algo que creo que puede ser un problema y parece que te hubiera dicho la hora. ¿Es que sigues con resaca?

— Lo que tú llamas resaca, que yo preferiría que denominaras como leve alteración temporal de las capacidades cognoscitivas que he sufrido a primera hora de esta mañana, ha sido remediada por el agua fría de la ducha que con total generosidad me acabo de dar. En cuanto a lo que me hayas contado un problema supongo que te referirás a que lo sea para ti, porque yo no lo veo por ninguna parte. Las relaciones lésbicas son una opción como otra cualquiera de vivir la sexualidad. Te sorprenderías del porcentaje tan alto que existe más el que todavía permanece oculto. Para que te hagas una idea, en mi trabajo hay una compañera lesbiana a la que solo le gustan las mujeres, otra que se declara bisexual pero que si tiene que elegir prefiere una mujer antes que a un hombre y su nueva novia es una jueza casada, en trámites de divorcio y con un hijo, y luego otra que es bisexual y no tiene preferencia por ningún sexo concreto.

— Jo, que fácil lo ves todo. A mi ni se me había pasado por la cabeza. Las cosas fueron sucediendo y pasó lo que pasó.

— ¿Fuiste feliz? ¿Te supone ahora un problema? ¿Te arrepientes de algo?

— Fui feliz, no me supone un problema y no me arrepiento de nada.

— Pues ya está.

— Lo que pasa es que a los cuatro días conocí a Joan y ese me hizo perder todos los sentidos.

— Supongo que por fin sabemos el nombre del hombre con el que estás comiendo los mocos en esa foto en la que hay un lago.

— Mamá, te aseguro que la primera impresión no fue nada buena. No sabría decirte porqué. No sé si fue por ver a aquel grupo de mujeres emocionadas con su sola presencia o por otro motivo, pero es que no me pareció ni atractivo. Yo estoy acostumbrada a tíos que te intentan impresionar porque supone que es la forma más rápida de que caigas a sus pies y llevarte a la cama. Él era todo lo contrario. Te hacía hablar y lo único que sentías es que de verdad le interesaba lo que estabas diciendo. Aún así, Joan no me pareció interesante hasta el día siguiente que me llevó a ver un amanecer. No sé si fue aquella atmósfera hipnótica que se crea cada mañana en aquel punto concreto del planeta, sus fuertes brazos abrazándome bajo la manta o los efectos alucinógenos del madrugón, pero en aquel momento ya empecé a mirarlo con otros ojos. Ese mismo día me di cuenta de que me gustan los hombres. ¿Será que soy bisexual?

— Hija, lo que seas, lo sabrás escuchando a tu cuerpo. De todas maneras, el haber tenido una duda sobre la identidad sexual es muy frecuente. Muchas amigas y gente que conozco han pasado por una relación así en un campamento de verano, una concentración deportiva y en muchos sitios donde uno está apartado de su ambiente habitual.

— ¿Tú crees que una relación lésbica de este tipo debería contarse a una posterior pareja?

— ¡Rotundamente no!

— Pero ¿una relación no debe estar basada en la sinceridad y la confianza?

— En algunos casos, la sinceridad está sobrevalorada. Claro que son importantes. Toda pareja que se basa en una mentira está condenada al fracaso. Pero una pareja se forma cuando dos personas se aceptan tal y como son en ese momento. Las dos partes han tenido un pasado que los han hecho ser como son en ese momento. Se gustan, se atraen, se quieren y se aceptan como son en el presente, en su presente. El pasado nunca debe entrar en el dormitorio. Suponte que conoces a un chico del que estás locamente enamorada. Un día, sufriendo un ataque de sinceridad irresponsable, te habla de una exnovia que era maravillosa en la cama y que le enseñó todo lo que sabe. ¿No cambiaría tu relación con él? ¿No sentirías una cierta inseguridad pensando si estarás a la altura de la exnovia? A ti te gusta, porque es de una determinada manera cuando tú lo conoces. Lo que le haya llevado a ser así solo forma parte de su pasado y las cosas que no aportan nada positivo a la pareja es mejor eludirlas.

— Creo que ya soy lo suficientemente mayor para aceptarme como soy. Se puede llamar relación lésbica o relación entre dos personas. Fue muy dulce y agradable y sirvió para conocerme un poco más a mí misma. Guardo un recuerdo muy bonito y agradable de Andrea y si la vida no nos hubiese llevado a cambiar de aires y conocer a Joan, igual ahora estaría haciéndome otro tipo de preguntas. Es curioso ver como nuestra vida puede cambiar completamente dependiendo de pequeños detalles. Unas vacaciones que se acaban quizás antes de tiempo, un viaje a un lugar o a otro diferente, o simplemente el hecho de salir a pasear un día que te apetecía quedarte en casa y ocurre algo que te cambia completamente el resto de tu vida.

— ¿Y cómo es Joan?

— ¡Es tan diferente! Sabe lo que quiere, hace lo que quiere y vive como quiere. Es de convicciones firmes, pero sabe escuchar y te hace sentir que eres el centro del universo. Es dulce, considerado, honesto, cercano, amigo, culto, leído y consecuente. Vive a su ritmo y nunca tiene prisa. Hace una cosa detrás de otra, pero a cada cosa le presta el tiempo que necesita para que sea perfecta. Con él el sexo no sé si es de este mundo, pero de día o de noche acabas viendo las estrellas.

— Vale, hija, basta ya. Supongo que se deberá a que estás enamorada como una loca porque la mayoría de las mujeres se conformarían con un hombre que fuese la mitad de lo que has dicho. Supongo que habrá alguna pega.

— Me pidió que me fuese a vivir con él, pero que antes, como comprenderás, debía terminar el viaje y ver si todo lo que había vivido esta semana era un espejismo. Debía estar segura de que quería dejar todo lo que había sido mi vida y si estaba dispuesta a comenzar una vida diferente a su lado. Y en eso estoy.

Olga escuchaba a Alpha en silencio, concentrada en sus propios pensamientos. De pronto, miró el reloj.

— Alpha, te dejo que llego tarde al notario.
— Adiós, mamá.

Aquella despedida les sonó a las dos como algo premonitorio, pero ninguna dijo nada.

37.   Hacia la puesta de sol.

Alpha metió la llave en la cerradura y entró en casa. En el salón, en su sillón preferido bajo un foco de luz direccional, estaba su madre enfrascada en la lectura de un libro. Dejó las llaves encima de la mesita de café y se sentó en el sofá.

— Buenas tardes, mamá.

— Hoy has madrugado. Ya te habías ido cuando me he levantado.

— Sí. Quería ver despertar la ciudad.

— Escuché tu mensaje en el buzón de voz de que no venías a comer. ¿Qué has hecho estas diez o doce horas?

— Deambular. Estoy agotada. Al principio creía que caminaba por caminar, sin ningún sentido concreto. Después me he dado cuenta que mis zapatillas me estaban llevando a todos los sitios agradables que de una forma u otra han sido importantes en mi vida. Ya sabes, ese parque donde jugaba cada tarde con esos niños que hoy seguramente no reconocería. La explanada donde aprendí a montar en bicicleta, la cafetería donde aquel chico me dio el primer beso. El bar que preparaba aquellos bocadillos de calamares con mahonesa que me sabían a alta cocina tres estrellas Michelín. Aquel árbol bajo cuya copa tu amiga te confesó que un chico le había metido mano debajo de la falda. En fin, esas cosas que forman parte de tus recuerdos, de tu historia, de tus vivencias agradables.

— ¿Y?

— Pues que la explanada donde aprendí a montar en bici es un bloque de pisos, el parque infantil está en obras porque van a prolongar una calle para unirla con no sé dónde. Que la cafetería donde me dieron el primer beso es un restaurante chino. Que el bocadillo de calamares que he comido hoy no estaba tan bueno porque usan pan de media cocción y además el camarero es nuevo y no me llama por mi nombre. Que mi amiga y yo ya no tenemos secretos inconfesables que contarnos.

— ¿Y?

— Que la nostalgia es un error. No se puede vivir del pasado. Todo cambia y lo único importante es vivir el presente para seguir generando recuerdos. Una de las cosas que he aprendido este verano es que no hay que tener miedo a equivocarse. Los errores solo pesan lo que se está dispuesto a permitir que pesen. Cuando te equivocas te echas el error a la espalda. Las mochilas se llevan a la espalda, porque si las llevamos delante nos impiden seguir caminando. Mamá, lo siento, sé que te voy a dar un disgusto, pero me voy a vivir mi presente.

Olga se levantó y abrazó a su hija.

— Lo esperaba desde hace un par de días. Sabía que era cuestión de horas. Ya he llorado todo lo que tenía que llorar, pero sobre todo, he llorado de felicidad por ti.

— ¿Quieres que prepare unos cafés?

— Para mí no, hija. Me voy a mi cuarto que hoy necesito salir con Arturo. Te dejo que creo que tienes que hacer una llamada.

Olga se refugió en su cuarto mientras Alpha se dirigía a la cocina. Nada más cerrar la puerta no pudo evitar que las lágrimas desbordaran sus párpados. Realmente estaba feliz. Aquella pequeña personita que había visto por primera vez hace 23 años se había convertido en toda una mujer. De hecho, de su determinación y valor, ella, Olga Villanova, tenía mucho que aprender.

Hacía meses que Arturo le estaba pidiendo un poco más de compromiso en la relación que mantenían. Ella siempre había capeado la situación con razonamientos lógicos, pero que en el fondo ocultaban su miedo a un nuevo fracaso en su relación de pareja. Olga descolgó el teléfono y marcó su número.

— Arturo, salgamos a cenar.
— Qué sorpresa.
— Tenemos dos buenas noticias que celebrar.
— ¿Cuáles?
— No seas impaciente. Si has esperado meses, podrás hacerlo un par de horas más.
— ¿Te recojo a las 21 horas?
— De acuerdo, te quiero.

Mientras tanto, Alpha se entretenía viendo ascender los vapores de su taza de café. Por fin hizo la llamada que llevaba días deseando. Marcó el teléfono de Joan que se sabía de memoria.

— ¿Dígame?

— Joan, soy Alpha. Creo que hace unos días me olvidé ahí una cosa y me gustaría volver a buscarla.

— Sabía que volverías por el llavero de Hello Kitty. ¿Estás en casa?

— Si, pero Hello Kitty no es el único muñeco que echo de menos.

— Será mejor que salgas al balcón.

— ¿Para qué?

— Alpha, por favor, por una vez no hagas preguntas y hazlo.

Alpha se dirigió al salón y cuando iba a abrir la puerta del balcón empezó a oír la música de una gaita. Miró a la calle. Un 4x4 con un remolque para un caballo obstaculizaba la Gran Vía. En medio de la calzada un escocés pelirrojo, grande como un oso, vestido con su impecable kilt, tocaba la gaita. A su lado Joan, montando un caballo blanco sujetaba su móvil en su oído izquierdo.

— Será mejor que bajes tú. No creo que pueda meter a Robert en el ascensor

El tráfico estaba cortado. Un grupo de japoneses disparaban sus cámaras fotográficas como locos. A saber cómo explicarían aquella escena al volver a su país.

— ¡Mamá, asómate al balcón! Me voy.

Robert la recibió con una reverencia mientras agitaba sus blancas crines. Joan le alargó el brazo y de un tirón la montó en la grupa. Montados en Robert y seguidos por el 4x4 que conducía Bryan, se dirigieron al paso, hacia la puesta de sol.

Fin

Fco. Javier García Miralles

www.ingramcontent.com/pod-product-compliance
Lightning Source LLC
LaVergne TN
LVHW092343170726
843489LV00001B/21